Heimat und Begegnungen

AF220723

Das Buch

Die Autoren beschreiben interessant und nachvollziehbar Einzelschicksale und tatsächliche Begebenheiten, die sowohl den Heimatgedanken als auch die Begegnung und den Umgang mit dem Fremden behandeln.

Elke Bannach und Peter Hoffmann haben Befragungen und Interviews durchgeführt, die dann die Grundlagen ihrer Geschichten bildeten.

Klaus W. Hoffmann geht in seiner Geschichte zurück in die Zeit der Völkerschlacht und beschreibt die Gewissensnot eines jungen Ulanen, der die Drangsale der sächsischen Bevölkerung durch das Militär nicht länger mitansehen kann und desertiert.

Impressum

Herstellung und Verlag:
BoD - Books on Demand, Norderstedt
ISBN: 9783751954495
Erstauflage 2020

Herausgeber:
Elke Bannach
Extertaler Ring 14
06792 Sandersdorf-Brehna
e-Mail: e.bannach@gmail.com

Alle Rechte vorbehalten. Der Nachdruck, auch auszugsweise, die Verarbeitung und die Verbreitung des Werkes in jeglicher Form, insbesondere zu Zwecken der Vervielfältigung auf fotomechanischem und sonstigem Wege sowie die Nutzung im Internet dürfen nur mit schriftlicher Genehmigung der Autoren erfolgen.

FSC
www.fsc.org

MIX
Papier aus verantwortungsvollen Quellen
Paper from responsible sources
FSC® C105338

Inhalt

Klaus W. Hoffmann

Fahnenflucht

Als die Soldaten nach Söllichau kamen, wurden sie von Kindern begrüßt. Die Jungen wussten, dass sie sächsische Ulanen waren. Sie bestaunten ihre prachtvollen, roten Uniformjacken, die ärmellosen, weißen Mäntel, die grauen Überhosen mit den roten Streifen, die schwarzen Mützen und ihre Säbel und Karabiner. Einige ältere Jungen schauten sich neugierig ihre Rangabzeichen an. Sie wussten genau, dass Offiziere lange Rockschöße mit einer goldenen Granate trugen und dass man Unteroffiziere an der Anzahl der goldenen Tressen am oberen Rand der Mütze, die Tschako genannt wurde, unterscheiden kann. Die Mädchen interessierten sich mehr für die Pferde der Soldaten und streichelten sie. Manchmal sahen sie sich auch die weißen Handschuhe und die Husarenstiefel der Reiter näher an.

Der sächsischen Reiter-Schwadron folgte ein Regiment französischer Infanteristen. Aus ihren Reihen ertönte der vielstimmige Ruf: „Vive l'empereur – Heil dem Kaiser!" Seit Wochen begleiteten die sächsischen

Ulanen diese französischen Soldaten. Auch sie wurden von den Dorfkindern umschwärmt und bestaunt.

Die französischen Offiziere befahlen den sächsischen Ulanen, auf dem Kirchplatz anzuhalten. Sie stellten sich auf und warteten auf weitere Befehle. Die gab ihnen Major Kaas, dem die französischen Infanteristen und die sächsische Ulanen unterstanden. Die Infanteristen wurden zum Dorfrand abkommandiert, wo sie ein Biwak aufbauen sollten. Die Ulanen erhielten den Befehl, sich in einem der Häuser einzuquartieren. Das gefiel ihnen besser, als im Biwak der französischen Infanteristen zu übernachten.

Rittmeister Lindau, ihr Kommandant, führte die Reiter-Schwadron über die Dorfstraße. Er hielt nach einem geeigneten Haus Ausschau. Vor einem Fachwerkhaus ließ er die Ulanen anhalten. Er stieg vom Pferd und versuchte die Eingangstür des Hauses zu öffnen. Sie war nicht verschlossen. Er betrat das Haus. Nach kurzer Zeit kam er wieder heraus und machte einen zufriedenen Gesichtsausdruck. Dann umrundete er das Haus. Nachdem er seinen Gang beendet hatte befahl er: „Ulanen, wir quartieren uns hier ein. Das Haus ist verlassen und als Schlaflager für uns groß genug. Auch leere Ställe gibt es. Die befinden

8

sich hinter dem Haus. Da können wir unsere Pferde unterbringen und versorgen. Also, Männer, absitzen und Quartier beziehen! Morgen früh ziehen wir weiter."

Das ließen sich die Ulanen nicht zweimal sagen. Sie führten ihre Pferde in die Ställe, nahmen ihnen das Zaumzeug, den Sattel und die Pferdedecke ab und hingen alles an die Stallwände. Dann versorgten sie die Tiere mit Wasser und Hafer und rieben sie mit Stroh trocken. Danach gingen sie ins Haus, um sich eine Schlafstatt für die kommende Nacht einzurichten. Rittmeister Lindau verließ die Reiter-Schwadron wieder. Er musste seinem Vorgesetzten, dem französischen Major Kaas, Vollzug melden und weitere Befehle empfangen.

Der Rittmeister war bald zurück und ließ die Ulanen vor dem Haus antreten. Nachdem die letzten Männer draußen waren und sich in Reih und Glied aufgestellt hatten, berichtete er: „Ulanen, Major Kaas hat uns befohlen, alle Rinder aus den Ställen der Gehöfte zu holen und auf dem Dorfplatz zusammenzutreiben. Feldwebel Albers, Sie übernehmen das Kommando. Ich kann nicht mitkommen – weitere Lagebesprechung mit den französischen Offizieren.

Ulanen, tut eure Pflicht. Eure Waffen und Tornister könnt ihr im Haus lassen. Sattelt eure Pferde und legt ihnen das Zaumzeug an. Korporal Finke, Obergefreiter Röhnitzsch, Sie beide halten vor der Tür Wache. Sorgen Sie dafür, dass kein Unbefugter unsere Unterkunft betritt."

„Alle Rinder sollen wir zusammentreiben?", fragte der Reiter Christian Burger. „Herr Rittmeister, ich kann das nicht mit meinem Gewissen vereinbaren. Es ist doch klar, dass die Franzosen die Tiere aus dem Dorf führen und schlachten werden. Wenn wir diesem Befehl gehorchen, bedeutet das, dass wir unsere sächsischen Landsleute bestehlen."

Zunächst sah ihn sein Vorgesetzter erstaunt an, dann zuckte er mit den Schultern und erwiderte: „Mir gefällt das auch nicht, Reiter Burger, aber Befehl ist nun mal Befehl. Wie Sie wissen, sind wir Major Kaas unterstellt. Seinen Befehlen müssen wir gehorchen und sie ausführen. Auch diesen. Und wenn Sie ihn verweigern, muss ich Sie bestrafen." Sprach's und ritt zu seinen französischen Befehlsgebern zurück.

Die Ulanen gehorchten widerwillig. Sie sattelten ihre Pferde und dann gab Feldwebel Albers den Befehl zum Abmarsch.

Auf zwei Gehöften hatten die Ulanen kein Glück. Als sie die Ställe durchsuchten, fanden sie kein einziges Rind. Die Bauern erklärten ihnen, dass sie keine Tiere mehr besäßen. Soldaten, die vor einigen Tagen hier durchgezogen seien, hätten sie gestohlen. Das mussten die Ulanen ihnen glauben, auch wenn es sein konnte, dass sie die Tiere nur in einem nahe gelegenen Waldgebiet versteckt hielten. Auf die Idee, ihre Tiere eine Zeit lang auszuquartieren, kamen immer mehr Bauern. Sie wohnten weiter auf ihrem Hof, ließen aber von ihren Knechten das Vieh ins Dickicht der Heide treiben.

Die sächsischen Soldaten erreichten den dritten Bauernhof. Feldwebel Albers stieg vom Pferd und klopfte an die Tür des Wohnhauses, um den Bauer zu informieren, dass er seine Rinder abgeben müsse. Niemand öffnete. Es schien keiner im Haus zu sein. Auch auf dem Hof war keine Menschenseele zu sehen.

„Burger, Bause, Schlosser, Sie holen die Rindvieher aus dem Stall", befahl der Feldwebel.

Widerwillig gehorchten die drei Ulanen, kamen sich aber furchtbar schäbig vor, weil sie ihre sächsischen Landsleute bestehlen mussten. Sie stiegen von ihren Pferden, öffneten die Tür des Kuhstalls und gingen hinein. Sie zählten die Rinder, die dort untergebracht waren. Fünfzehn! Zehn trieben die Männer auf den Hof hinaus. Sie waren sich einig, dass sie dem Bauern fünf Rinder im Stall lassen wollten.

Christian Burger machte Meldung: „Herr Feldwebel, Befehl ausgeführt! Alle zehn Rinder des Bauern haben wir aus dem Stall geholt."

Der Feldwebel sah ihn skeptisch an.

„Burger, Bause, Schlosser, ich traue Ihnen nicht", sagte er. „Ich vermute, dass das nicht alle Rinder sind."

Anscheinend hatte er aber keine Lust, das selbst zu überprüfen.

„Gefreiter Schmolz", befahl er. „Sitzen Sie ab und schauen Sie nach, ob noch Rinder im Stall sind."

„Jawohl, Herr Feldwebel!", antwortete der Gefreite Ferdinand Schmolz, saß ab und ging in den Stall. Er kam zurück, stand stramm und meldete: „Herr Feldwebel, melde gehorsamst: Kein Rind mehr im Stall."

„Gut, Gefreiter Schmolz", sagte der Feldwebel, „dann haben wir unsere Pflicht erfüllt. Bause, Schlosser, Burger – Sie treiben die zehn Rinder zum Kirchplatz. Sorgen Sie dafür, dass die Tiere auf dem Weg bleiben. Die anderen sichern nach hinten ab. Ich reite vorweg. Auf geht's!"

Die Ulanen verließen den Bauernhof und erreichten in dieser Formation den Kirchplatz. Dort waren inzwischen auch die französischen Infanteristen wieder eingetroffen. Anscheinend hatten sie ihr Biwak bereits eingerichtet.

Auf dem Kirchplatz hatten sich auch zahlreiche festlich gekleidete Dorfbewohner versammelt. Sie waren zur Zeit der Ankunft der Soldaten in der Kirche gewesen. Als sie sahen, dass die Rinder von den sächsischen Soldaten auf dem Kirchplatz zusammengetrieben wurden, beschimpften sie sie und stießen wüste Drohungen aus. „Diebe", „Schande unserer sächsischen Heimat", „Franzosenknechte" und „Volksverräter" waren noch die harmlosesten Ausdrücke. Sicher wussten sie, was mit den Rindern geschehen sollte. Im Lager der französischen Infanteristen warteten die Schlächter auf sie.

Die Dorfbewohner hielten zu den französischen Infanteristen einen respektvollen Abstand. Zwischen diese beiden Gruppen trieben die Ulanen die Rinder und ließen sie anhalten. Major Kaas und Rittmeister

Lindau kamen und erwarteten von Feldwebel Albers Meldung.

Der stand stramm und sagte: „Herr Major, Herr Rittmeister, melde gehorsamst: Wir haben alle Rinder aus den Ställen der Gehöfte geholt und zum Kirchplatz getrieben. Befehl ausgeführt!"

„Feldwebel Albers", schrie der Major wütend, „Sie wollen mir doch wohl nicht weismachen, dass das alle Söllichauer Rindviecher sind? Zehn Tiere! Dass ich nicht lache!"

Er sprach deutsch, aber mit einem französischen Akzent, der nicht zu überhören war. Feldwebel Albers versuchte sich zu rechtfertigen.

„Herr Major, mehr Tiere haben wir in den Ställen der Gehöfte nicht gefunden."

Ein kleiner, hagerer Dorfbewohner schaltete sich ein.

„Ich bin der Dorfschulze und bitte euch, Monsieur: Habt Erbarmen!", flehte er den Major an. „Diese zehn Rinder sind die einzigen, die wir noch in Söllichau haben. Sie gehören dem Bauern Korte. Ihr könnt sie ihm doch nicht alle nehmen."

„Können wir, das siehst du ja!", antwortete der Major.

„Lasst uns wenigstens einen Teil der Tiere, bitte!", flehte der Dorfschulze mit weinerlicher Stimme.

„Nein!", entgegnete der Major scharf. „Das habt ihr nicht verdient. Strafe muss sein! Ihr habt heute Morgen die Kirchturmglocken läuten lassen. Ein Signal für die feindlichen Truppen. War es nicht so?"

„Nein, Monsieur!", antwortete der Dorfschulze.

„Unsere Kirchturmglocken haben geläutet, weil ein Kind getauft wurde."

Der Offizier warf ihm einen zweifelnden Blick zu und sagte: „Du kannst mir viel erzählen ..."

Ein großgewachsener, breitschultriger Mann trat aus der Menge hervor und baute sich drohend vor dem französischen Major auf.

„Ich bin der Bauer Korte", rief er. „Warum stellen Sie unseren Dorfschulzen als Lügner hin? Das Kind meiner Tochter ist heute Morgen getauft worden. Deshalb waren wir in der Kirche. Vorher haben die Glocken geläutet, wie das vor Tauffeiern so üblich ist. Wir sind ehrliche Bürger. Aber wie ich sehe, haben die Ihnen unterstellten Soldaten in unserer Abwesenheit meine Rinder gestohlen. Verfluchtes Franzosenpack! Und ihr sächsischen Verräter seid auch nicht besser!"

„Du wagst es, Soldaten der französischen Armee als Diebe und Franzosenpack zu beschimpfen?", rief der Major mit einem drohenden Unterton in der Stimme. „Du redest dich um Kopf und Kragen. Verschwinde, sonst lasse ich dich festnehmen!"

„Wann ich von hier verschwinde, das bestimme ich immer noch selbst", entgegnete der Bauer zornig.

Eine junge Frau, die ein in eine Decke gehülltes Baby auf dem Arm trug, und ein junger Mann traten an seine Seite und versuchten ihn zu beruhigen.

„Vater, sei vernünftig", sagte die junge Frau. „Provoziere den Offizier nicht noch mehr ..."

„Ich lasse mir doch nicht von diesen Dieben die Rinder stehlen", schrie der Bauer wütend und spuckte dem Offizier vor die Füße.

Der Major zog seinen Säbel und ging langsam auf ihn zu.

„Du Dreckskerl wagst es, vor mir auszuspucken?", fragte er zornig. „Leck deine Spucke auf, sonst bekommst du meine Klinge zu spüren!"

Der Bauer lachte nur und spuckte noch einmal vor dem Franzosen aus. Der Major sah drei in seiner Nähe stehende französische Infanteristen an und befahl:

„Leclerc, Vian, Milteau, nehmt den Kerl fest!"

Die drei Männer stürzten sich auf den Bauern. Der hatte Kräfte wie ein Bär und wehrte sich, so gut er konnte, wurde aber schließlich doch von den französischen Soldaten überwältigt. Sie drehten ihm die Arme auf den Rücken und warfen ihn zu Boden. Der Major trat mehrmals gegen den Kopf des Bauern. Der versuchte sich aufzurichten, blutete aus der Nase und dem Mund. Seine Tochter schrie entsetzt. Ihr Mann versuchte den französischen Offizier daran zu hindern, seinen Schwiegervater weiter zu misshandeln, wurde aber von einem französischen Soldaten festgehalten. Der Major richtete die Spitze seines Säbels gegen den Hals des Bauern.

„Du Großmaul wirst jetzt deine Spucke auflecken", befahl er.

Der Bauer tat ihm den Gefallen nicht. Immer mehr Blut tropfte ihm aus Nase und Mund.

„Das ist ein Befehl!", brüllte der Major voller Zorn. Als der Bauer sich standhaft weigerte, seine Spucke aufzulecken, trat ihn der Franzose immer wieder.

„Nein!", schrie der Schwiegersohn des Bauern und versuchte, sich von dem Soldaten, der ihn festhielt, loszureißen.

„Warum hilft meinem Vater denn niemand?", rief die junge Frau. Sie sah die Dorfbewohner und dann die sächsischen Soldaten flehend an. Die Söllichauer standen wie versteinert da. Rittmeister Lindau und seine Untergebenen gefielen sich anscheinend ebenfalls mehr in der Rolle der Zuschauer. Der französische Offizier war wie von Sinnen. Immer wieder trat er nach seinem Opfer.

Aber dann geschah etwas, was dem tapferen Bauern wahrscheinlich das Leben rettete. Die Rinderherde wurde unruhig. Einige Tiere versuchten, den Dorfplatz zu verlassen. Jugendliche hatten sich unter die Herde gemischt und versuchten, sie wieder zum Gehöft des Bauern Korte zu treiben. Das war natürlich auch den französischen Soldaten nicht entgangen. Einer ihrer Unteroffiziere brüllte: „Die Burschen treiben die Rinder fort!"

Major Kaas ließ von seinem Opfer ab und gab seinen Leuten auf Französisch einen Befehl. Einige Infanteristen luden ihre Karabiner. Dann richteten sie sie auf die Jugendlichen. Die hatten keine Lust, von einer Kugel getroffen zu werden, und rannten so schnell wie möglich davon. Die Rinder gerieten in Panik.

„Rittmeister Lindau", schrie der französische Major, „lassen Sie die Rindviecher ins Biwak treiben! Aber schnell! Suchen Sie dafür drei Ihrer Leute aus! Das ist ein Befehl!"

„Jawohl, Herr Major!", antwortete Lindau.

Er wählte Christian Burger, Johann Unger und Ludwig Schneider aus und befahl: „Aufsitzen Männer! Treibt die Rinder zum Biwak!"

Während die drei Ulanen die Rinder vom Kirchplatz trieben gab Major Kaas seinen Leuten auf Französisch den Befehl, Söllichau zu plündern. Das ließen sich seine Leute nicht zweimal sagen. Die Infanteristen mit den blauen Mänteln stürzten wie eine Wasserflut in den kleinen Ort. Die Dorfbewohner verschwanden, so schnell sie konnten, in ihren Häusern und versuchten alles, um sich die Plünderer vom Hals zu halten. Aber die französischen Soldaten schlugen mit ihren Gewehrkolben an die Türen der Häuser. Die meisten wurden von den Bewohnern nicht geöffnet. Das hielt die Soldaten aber nicht davon ab, die Türen aufzubrechen und gewaltsam in die Häuser einzudringen. Sie wüteten in Söllichaus Häusern, brachen Schränke und Truhen auf, vernichteten und zerschlugen Sachen und raubten Wertvolles und Wertloses.

Am meisten bei denen, die ihre Häuser verlassen hatten und zu Verwandten oder in die umliegenden Wälder geflüchtet waren. Dort tobten sich die Soldaten richtig aus, denn mit der Habe, welche die Bewohner zurückgelassen hatten, glaubten sie machen zu können, was sie wollten. Sie zerschlugen die Türen und Möbel, um sie im Biwak als Brennholz für ihre Wachfeuer zu nutzen.

Inzwischen hatten Christian Burger, Johann Unger, und Ludwig Schneider die Rinder unter Kontrolle gebracht. Sie trieben sie zum Dorf hinaus zum Biwak der französischen Soldaten.

Christian Burger dachte nach: „Ist es wirklich mein Ziel, Befehle wie diesen auszuführen?", fragte er sich.

„Ich helfe mit, meine sächsischen Landsleute zu bestehlen, schaue zu, wie einer von ihnen schwer misshandelt wird und komme mir so niederträchtig vor, weil ich das alles so geschehen lasse. Meine Zeit als Soldat gestaltet sich so, dass ich mich als Knecht dieser französischen Herren fühle. Habe ich eine andere Wahl? Sicher! Ich kann einfach abhauen – desertieren. Wenn ich das tu, riskiere ich aber mein Leben. Deserteure, die gefasst werden, müssen damit rechnen, standrechtlich erschossen zu werden."

Trotzdem reifte Christian Burgers Entschluss, zu desertieren, immer mehr. Er überlegte, ob er seine Begleiter einweihen sollte. Besser nicht, dachte er.

Sie trieben die Rinderherde über die Heerstraße. Hinter dem Dorf erreichten sie eine Wegkreuzung. Jetzt war für Christian Burger der Moment gekommen, zu desertieren. Er stieß seinem Pferd die Stiefelhacken in die Flanken und galoppierte über die Heerstraße in Richtung Bad Düben. Hin und wieder schaute er sich um. Seine Begleiter waren bei der Herde geblieben. Keiner folgte ihm.

Peter Hoffmann

Der Suchende

Man sagt, dass wir uns an Dinge aus unserer Kindheit mit ungewöhnlicher Schärfe erinnern, solange wir damit noch nicht abgeschlossen haben. Norbert Babucke ist ein Mensch, der aus seiner Kindheit berichten kann, als hätte sie erst gestern stattgefunden.

Er war vier Jahre alt, als die Nazis Breslau zur Festung erklärten. Seine Mutter brach mit ihm und dem zehnjährigen Bruder ins Ungewisse auf mit der Hoffnung, ihre Kinder und sich vor einem Blutbad zu bewahren.

Was brachte dieser Versuch? Konnte man solch einem Krieg entrinnen? Wenn heute ein Flugzeug etwas tiefer als gewöhnlich über Friedersdorf den Flughafen Halle-Leipzig ansteuert, hört Norbert Babucke sie noch immer kommen, die Bomber, die damals im Tiefflug mit Gedröhn über die Viehwaggons mit den Flüchtlingen hinwegrasten, um sich dabei ihrer Bombenlast zu entledigen.

Ihm gehen die ungezählten Toten nicht aus dem Kopf, auch kleine Kinder, so alt wie er damals, die erfroren oder verstümmelt neben den Gleisen abgelegt worden waren. An sie muss er auch denken, wenn in der Winterzeit Schnee leise auf das Fensterbrett vor seinem Wohnzimmerfenster rieselt.

Pferde sind in Norbert Babuckes Kopf Tiere, die bis zur Erschöpfung mit Tischen, Federbetten, Essensvorräten, Nähmaschinen und Menschen beladene Wagen durch eine Winterlandschaft in Richtung Sonnenuntergang ziehen und dabei stetig langsamer werden, bis sie zusammenbrechen, um dann von einem mitleidigen Uniformierten mit einem Schuss in den Kopf erlöst zu werden.

Wurde ihm und den anderen Flüchtenden damals unterwegs geholfen? Welche Begegnungen gab es in der Fremde? Als der Zug mit Norbert Babucke und den zahllosen anderen Flüchtlingen zum Zwischenhalt in einen Bahnhof einfuhr, sah der Junge Menschen mit zornigen Gesichtern neben den Bahngleisen stehen. Diese Leute riefen etwas in einer Sprache, die weder er noch die anderen Ankommenden verstanden. Steine flogen gegen die Außenwand des Waggons und einige auch durch die halbgeöffnete Tür ins Innere.

Zeigte man den Flüchtenden gegenüber schließlich doch Mitleid? Diese Leute mussten wissen, dass die Ankömmlinge höchster Not entflohen waren. Babucke erinnert sich an ein mit Stacheldraht umzäuntes Lager, in dem er und zahllose andere Flüchtlinge nach ihrer Ankunft interniert wurden.

Wie verlief das Leben dort? Die Tage und Wochen vergingen. „Die Leute haben ihre Arme durch den Zaun nach draußen gestreckt und Scharfgarbe oder Sauerampfer gezupft, gegen den schlimmsten Hunger", sagte Norbert Babucke und erinnert sich an den Zusammenbruch seiner Mutter. Die musste tagsüber mit anderen Erwachsenen Eisenbahnschwellen und -schienen schleppen. Genächtigt wurde in einer ehemaligen Lagerhalle, in der die Fensterscheiben fehlten. Auf dem blanken Betonboden versuchten die Leute zu schlafen. Und nachts kamen dann Männer in Uniform, die mit Taschenlampen in die einzelnen Gesichter leuchteten und in gebrochenem Deutsch Frauen befahlen: „Du kommen mit … und du … und du!"

Wie überlebt man so etwas? Gab es in dieser Fremde auch gute Menschen? Der inzwischen fast

Achtzigjährige erinnert sich an den tschechischen Arzt, der sich seine Füße ansah. Norbert hatte zu seiner Mutter immer wieder weinend gerufen: „Die kribbeln so!" Inzwischen waren Monate vergangen und der mittlerweile Fünfjährige seinen Schuhen entwachsen. Wegen der Kälte hatte er sie jedoch Tag und Nacht getragen. Nun waren die Kuppen der Zehen schwarz. Der Arzt gab eine Salbe, die genau so schwarz war, mit den Worten: „Immer wieder einreiben. Hoffe, wird helfen. Kann aber sein, wir müssen abnehmen die Zehen. Wollen warten ..."

Werden die Menschen vielleicht anders zueinander, wenn sie näher Miteinander zu tun haben? Nimmt man das Heimatgefühl mit in die Fremde? Eines Tages durften die Babuckes das Lager verlassen. Die Mutter, Norbert und sein Bruder kamen zur Arbeit bei einem Bauern.

„Essen nicht gut?", fragte die Bauersfrau eines Tages erschrocken, als sie sah, wie Martha Babucke einige für die Schweine bestimmte Kartoffeln aus dem Dämpfer nahm, durchbrach, mit Salz bestreute und ihren Kindern reichte.

„Nein, Verpflegung ist sehr gut", beeilte sich die Flüchtlingsfrau zu versichern. „Wir haben die Kartoffeln in der Heimat gerne so gegessen."

Nicht jeder, der einer tschechischen Landwirtschaft zugeteilt worden war, hatte es ähnlich gut getroffen. Die Babuckes jedoch bekamen das gleiche Essen wie die Bauersleute. Nur, dass diese während der Mahlzeiten im Wohnzimmer saßen und die Flüchtlinge in der Küche. An den Sonntagen versammelten sich die Deutschen, welche im Dorf untergekommen waren, und sogar die Kriegsgefangenen in der Scheune bei Babuckes Wirtsleuten. Dort wurde erzählt und gesungen.

Und dann wurde Martha Bubucke eines Tages Zeugin, wie der jüngste Sohn der Bauersleute, der ein Jahr jünger als ihr fünfjähriger Norbert war, auf dem Hof in die Jauchegrube stürzte. Blitzschnell stieg sie hinterher und holte das Kind heraus. Aber dieses war schon ohne Bewusstsein. Instinktiv drehte sie den Jungen mit dem Kopf nach unten und rief laut nach seinen Eltern.

Ein Arzt wurde gerufen. Sich endlos hinziehende Minuten folgten. Die Flüchtlingsfrau litt Todesangst, auch für ihre beiden Söhne. Was würde geschehen, wenn sie etwas verkehrt gemacht hatte oder gar ein falscher Verdacht aufkommen sollte?

Wieder war es ein tschechischer Arzt, der nun auf Martha Babucke zuging, sie mit beiden Händen bei den Schultern fasste und zu ihr sagte: „Sie haben alles richtig gemacht!"

Wie ging es weiter? Durften die Angekommenen ihr Leben selber bestimmen? Hatten Martha Babucke, ihre Kinder und die anderen Flüchtlinge eine neue Heimat gefunden? Die Großen und Mächtigen dieser Welt wollten es anders. Wochen später mussten die deutsche Mutter und ihre beiden Kinder die Tschechoslowakei Richtung Deutschland verlassen. Sie wurden von ihren Wirtsleuten mit dem Pferdefuhrwerk zum Bahnhof gebracht. Es gab Tränen auf beiden Seiten, ehe die Tür des Mannschaftswagens durch einen Uniformierten von außen verriegelt wurde.

Würde es wirklich nach Deutschland gehen? Und wenn ja, wohin dort? Norbert Babucke sieht seine Mutter noch heute weinend zwischen all den fremden Leuten auf einem Koffer sitzen, während er und sein Bruder es sich, so gut es ging, im Stroh bequem gemacht hatten. Über den Grenzübergang Bad Brambach ging die Fahrt weiter nach Bitterfeld und endete im Lager „Marie".

Sah das „Willkommen" bei den eigenen Landsleuten anders aus? Der Aufenthalt im Bitterfelder Lager begann mit Entlausung und Quarantäne. Dann wurde die Familie an einem Spätsommertag des Jahres 1946 nach Friedersdorf gebracht. Erste Station für Stunden war eine Holzbaracke neben der Schule. Ein Gemeindearbeiter kam mit Pony und kleinem Wagen und kutschierte die Frau samt ihren Söhnen und den wenigen Habseligkeiten in den Windmühlenweg.

Ein Zimmer unter dem Dach mit zwei Betten, zwei Strohsäcken, Tisch, Stühlen und einem kleinen Küchenofen im Hause von Marta Krizaniak wurde deren neue Bleibe.

„Als wir da so auf dem Bettrand saßen und nicht wussten, was wir denken sollten, ging die Tür auf und unsere neue Wirtin brachte einen Teller mit einer riesigen, blauen Weintraube. Das war ein schöner Empfang! Wir hatten Glück, manche bekamen auch deutlich zu spüren, dass sie nicht willkommen waren.

Aber auch meine Mutter, mein Bruder und ich konnten nicht richtig froh sein. Wir wussten nicht, ob unser Vater noch lebt. Der war in Gefangenschaft in

Jugoslawien. Meine Mutter schrieb immer wieder an das Rote Kreuz nach Berlin. Vater tat das Gleiche von Jugoslawien aus. Und dann endlich, 1949, kamen die beiden Briefe zusammen und mein Vater wurde informiert, wo wir lebten.

Morgens halb vier stand Marta Krizaniak dann eines Tages an unserer Tür, klopfte und rief: „Frau Babucke, ihr Mann ist da!"

Wurde nun alles gut? Konnten die Wunden des Krieges verheilen? Norbert Babucke wuchs heran und als im Jahre 1955 Konrad Adenauer nach Moskau flog, um sich für die Freilassung der letzten Kriegsgefangenen einzusetzen, besuchte Babucke die siebente Klasse.

Inzwischen hatte die Familie mehrmals die Wohnung gewechselt und jedes Mal war es ein Stück besser geworden. Jetzt, als Mieter in dem ansehnlichen Haus von Gustav Hünich direkt an der Hauptstraße, war den Babuckes kaum noch anzumerken, dass sie zu den sogenannten Umsiedlern zählten. In ihrer Küche stand ein gebrauchtes, aber ordentliches Buffet, im Wohnzimmer sogar ein Radio und des nachts schliefen die Eltern und Norbert längst in richtigen

Betten. Und Manfred, der ältere der beiden Jungen, hatte schon eine Familie gegründet.

Kann ein scheinbar kleines Ereignis, vielleicht nur ein unbedacht gesagter Satz, Dinge in einem Menschen auslösen, gegen die er sich nicht zu wehren vermag? Dann kam jener bewusste Tag, den Norbert Babucke genau so wenig vergessen kann wie Jahre zuvor die Flucht aus Breslau: Es klingelte zur ersten Unterrichtsstunde. Die Heranwachsenden gingen in ihre Unterrichtsräume. Als Fräulein Siemang, die damalige Direktorin, das Klassenzimmer betrat, wurde es augenblicklich still unter den Schülern. Geschichtsunterricht war angesagt, das Lieblingsfach dieser Pädagogin. Bestimmt würde sie gleich wieder damit beginnen, mit leidenschaftlichen Worten gegen den Krieg zu reden. Schließlich hatte sie selbst zwei Brüder im ersten Weltkrieg in den Schützengräben vor Verdun verloren. Wenn sie von diesem Verlust sprach, dann spürten ihre Schüler, dass dies Wunden bei ihr waren, die wohl nie verheilen würden.

Auch wenn Fräulein Siemang eine wirkliche Respektsperson für ihre Schüler war und von den meisten mehr gefürchtet als geliebt wurde: Es gab zwischen ihnen und ihr, was das Grauen des Krieges anging, so etwas wie ein stummes Einverständnis. Etwas, das miteinander verband, auch wenn sich Sympathie und gegenseitige Freundlichkeit ansonsten oft in Grenzen hielten.

Manche Schüler hatten durch den Zweiten Weltkrieg ihre Heimat verloren und es gab wohl keinen Einzigen in der Klasse, von dem nicht mindestens ein naher oder ferner Verwandter durch die Geschehnisse dieser Zeit sein Leben verloren hatte oder als Krüppel heimgekommen war.

Auch Norbert Babucke hatte Respekt vor Fräulein Simang, bis zu diesem denkwürdigen Tag. Doch was dann geschah, sollte ihn ein Leben lang nicht loslassen.

Ist es ein Recht der Jugend, spontan zu reagieren? Noch heute erinnert Babucke sich, als wäre es erst gestern gewesen, wie die Lehrerin den damaligen Besuch des Bundeskanzlers der BRD in Moskau kommentierte. Es ging dabei um die Freilassung der letzten Kriegsgefangenen, die als deutsche Soldaten einst gegen die Sowjetunion gekämpft hatten. Fräulein Siemang soll damals zu ihren Schülern gesagt haben:

„Das war nur gerecht, dass solche Leute etwas von dem gutmachen mussten, was sie in diesem Land angerichtet hatten. Das waren doch alles Kriegsverbrecher und Nazis!"

Norbert Babucke meint noch heute, diese Worte in seinen Ohren zu hören. Und er erinnert sich, wie er – ohne zu überlegen – reagierte: „Ich habe da von einem Moment auf den anderen innerlich gekocht. Ich bin aufgestanden und habe gesagt: ,Fräulein Siemang, Sie meinen, dass das alles Verbrecher waren. Aber meinen Vater haben sie eingezogen, obwohl er das nicht wollte. Und wir wollten nicht weg aus Breslau. Und mein Vater war sieben Jahre Soldat und dann in Jugoslawien in Gefangenschaft. Er hat nicht gewusst, ob meine Mutter, mein Bruder und ich noch leben und wir nicht, ob er zurückkommt. Und Sie müssen mir auch nicht sagen, was Krieg bedeutet. Und wenn die Soldaten im letzten Krieg alles Verbrecher waren, was waren dann Ihre Brüder? Die haben in Frankreich auf Menschen geschossen. Also waren das dann doch auch Verbrecher und Mörder …'"

Wer hatte recht? Was ist Wahrheit? Soll man klein beigeben und sich der herrschenden Macht unterordnen, damit man nicht den erreichten

Wohlstand aufs Spiel setzt? Babucke sagt heute über jene Augenblicke: „Ich hätte bestimmt noch weitergesprochen. Aber Fräulein Siemang hat mich gepackt, hoch in die erste Etage ins Lehrerzimmer gezerrt und dort eingesperrt. Dann hat sie mich schmoren lassen. Nach einer Stunde ist sie gekommen, hat mein Tagebuch verlangt und über eine Seite voll hineingeschrieben. Ich wollte das aufheben. Aber meine Eltern haben es am Schuljahresende verbrannt. Sie wollten nicht an diese Sache erinnert werden."

Um 18.00 Uhr am selben Tag noch sollte Martha Babucke in der Alten Schule in Fräulein Siemangs Wohnung erscheinen.

„Meine Mutter bekam einen Ausdruck im Gesicht, wie ich ihn das letzte Mal gesehen hatte, als wir in der Lagerhalle übernachten mussten. Und mein Vater hat nur mit dem Kopf geschüttelt und dann ungewöhnlich leise und bedrohlich gesagt: ‚Ich komme mit!'"

„Du bleibst hier! Ich gehe mit Norbert!", Martha Babucke tat wohl instinktiv das Richtige. Sie wollte ihren Mann nicht mit in die Angelegenheit hineinziehen. Dazu noch in dieser Zeit. „Ich denke, der hätte sie zerruppt", meint Norbert Babucke heute.

„Als wir in das Schulhaus reingegangen sind, stand auf der Treppe Fräulein Hettler, die uns in Russisch und Musik unterrichtet hat. Sie wohnte oben und Fräulein Siemang unten. Fräulein Hettler hatte wohl schon auf uns gewartet und leise gesagt: ‚Seien Sie vorsichtig, diese Frau ist gefährlich!'

Meine Mutter hat dann bei Fräulein Siemang angeklopft. Die Tür ging auf und die Frau hat erst einmal einen Vorhang, der dahinter war, zur Seite gezogen. Ohne Gruß, ohne meine Mutter anzusehen, hat sie auf mich gezeigt und gesagt: ‚Und du bleibst draußen!' Die war sowas von wütend.

‚Ohne den Jungen kein Gespräch!', kam da prompt die Antwort meiner Mutter. So auftrumpfend hatte ich sie noch nie erlebt.

Und dann sind wir beide rein. Fräulein Siemang wollte loslegen, aber meine Mutter hat sie nicht zu Wort kommen lassen. So hatte ich sie noch nie erlebt. Sie blickte sich um in dem Zimmer und sagte: ‚Sie hatten die ganzen Jahre ihre Teppiche, satt zu essen und eine warme Stube. Aber der Junge hier musste in dieser Zeit hungern, frieren und Tote sehen. Und mit Steinen sind wir beworfen worden. Schämen Sie sich nicht, ihn so zu behandeln?'“

Worte wechselten hin und her. „Und dann habe ich gesehen, wie Fräulein Siemang allmählich in sich gegangen ist", sagt Norbert Babucke nach so vielen Jahrzehnten. „Aber meine Mutter hat nicht lockergelassen: ‚Und wenn ich merken sollte, dass Sie den Jungen irgendetwas von dem spüren lassen, was heute vorgefallen ist, dann gehe ich zum Schulrat. Und ich lasse Ihre Vergangenheit beleuchten, wie Sie sich verhalten haben, in dieser Zeit!'" Damit waren dann Besuch und Gespräch beendet.

Norbert Babucke „kocht nicht mehr vor Zorn", wenn er sich heute an die Geschehnisse jenes Tages erinnert. Man glaubt sogar einen gewissen Respekt im Unterton zu hören, wenn er sagt: „Nach dieser Auseinandersetzung war die Sache erledigt. Ich habe niemals irgendwelche Nachteile gespürt."

Aber kann man vergessen? Dennoch erinnert er sich, wenn er am Gelände seiner ehemaligen Schule vorbeifährt oder in einem x-beliebigen Gespräch das Wort „Lehrerin" auftaucht, an jene Auseinandersetzung, als hätte diese erst gestern stattgefunden. Genau so, wie sich Bilder in seinem Kopf formen, wenn er eine verschneite Landschaft sieht, das Hupen einer Lokomotive vernimmt oder Menschen erblickt, die sich am Rand einer Straße versammelt haben. Aber auch Pellkartoffeln mit Salz lösen in Norbert Babucke immer noch Erinnerungen aus, wie auch jeder Spätsommer, wenn die Sonne die Weintrauben blau werden lässt.

Und alle paar Jahre zieht es ihn, weshalb auch immer, nach Wroclaw, das einstige Breslau. Zurück kehrt er jeweils mit zahlreichen Fotos, die er in ein Album klebt.

„Hier sind der Dom und die Dominsel. Hier sieht man das Rathaus von Breslau. Und das ist der Ratskeller. Da waren meine Eltern mit mir manchmal essen, als ich noch ganz klein war. Und gleich um die Ecke, da haben wir gewohnt. Die Wohnungstür ist noch immer dieselbe wie damals. Ich habe vor ein paar Jahren mal geklingelt und die neuen Bewohner haben mich hereingebeten. Wir sind nun befreundet …"

Ein Dreivierteljahrhundert ist es her, dass Norbert Babucke den Ort seiner frühen Kindheit verlassen musste. Was zieht ihn dorthin? **Was ist Heimat?**

Elke Bannach

Ein neues Zuhause auf Zeit

Ganz still liegt Karla in ihrem Bett. Die Morgensonne scheint ins Zimmer und kitzelt an ihrer Nase. Sie versucht den Niesreiz zu unterdrücken. Marlene soll denken, dass sie noch schläft. Karla glaubt, die schnellen Schritte des Hausmädchens auf der Treppe zu hören. Gleich wird sie die Zimmertür öffnen und rufen: „Hallo, Schlafmütze! Aufwachen! Das Frühstück ist fertig! Komm schnell in die Küche, bevor dir dein Freund alles wegfuttert!" Dann wird Marlene Wasser aus dem mit bunten Blümchen bemalten Porzellankrug in die dazugehörende Schüssel gießen und das Handtuch mit der gehäkelten Borte danebenlegen. Jeden Morgen ein frisches. Dieses Ritual läuft immer nach dem gleichen Muster ab. Na ja, nicht wirklich jeden Morgen. Zweimal hatte Marlene Karla nicht wecken müssen. Mohrle, der schwarze Kater, hatte ihr an diesen Tagen eine Maus als Morgengabe auf das Kopfkissen gelegt. Das war aber zu Beginn ihres Aufenthaltes bei Tante Inge gewesen. Karla hatte sich furchtbar erschrocken, einen Schrei ausgestoßen und war mit einem Satz aus dem Bett gesprungen. Mohrle muss sich wohl genauso erschrocken haben. Mit einem einzigen Sprung war er vom Bett runter und zur offenen Tür hinaus. Einmal hatte er es noch probiert – mit dem gleichen Erfolg. Karla war sehr froh, dass der Kater sie nicht mit weiteren Morgengaben beglückte. Er begnügte sich seit dem damit, sich von ihr streicheln zu lassen. Das genoss er regelmäßig mit lautem Schnurren.

Karla reckt sich genüsslich und dann fällt es ihr wieder ein: Heute ist der Tag! Heute kommt Mama und will sie wieder abholen. Papa hatte sie zu Tante Inge gebracht, weil Mama sehr krank war. Der Doktor im Krankenhaus konnte nicht sagen, wann sie wieder gesund sein würde. Karla weiß immer noch nicht, wie die Krankheit heißt. Es muss irgendetwas mit den Nerven sein, soviel hatte sie bei einem Gespräch der Eltern aufgeschnappt. Wenn sie danach fragte, sagten die Eltern nur: „Das verstehst du noch nicht."

Eines abends hatten die Eltern Karla mitgeteilt, dass sie während Mamas Krankheit bei Tante Inge und Onkel Franz in Kleinopitz bleiben soll. Mama sagte: „Papa muss arbeiten und hat keine Zeit. Martin ist 14 Jahre alt und kann schon auf sich selbst aufpassen. Tante Inge und Onkel Franz freuen sich auf dich."

Karla erinnerte sich, das sie damals sehr erschrocken war und die Mutter gefragt hat: „Warum muss ich zu Tante Inge und Onkel Franz? Ich kenne die beiden überhaupt nicht! Und was ist mit der Schule und mit meinen Freundinnen? Ich will da nicht hin!" Mama tröstete sie und meinte: „Es ist ja nicht für eine lange Zeit. Bis zu den Sommerferien gehst du in Kleinopitz zur Schule. Du findest sicher ganz schnell neue Freundinnen. Nach den Sommerferien bin ich vielleicht schon wieder gesund und kann dich von Tante Inge abholen."

Die Zugfahrt hatte sehr lange gedauert. Eine ganze Nacht und noch einige Stunden am folgenden Tag waren sie mit der Eisenbahn Richtung Osten gefahren. In Dresden hatte Onkel Franz sie mit seinem Auto vom Bahnhof abgeholt. Das Auto sah lustig aus, erinnert sich Karla: Es war ein Dreirad, mit zwei Sitzen und einem Notsitz vorn und einer Ladefläche hinten. Karla war es nicht gewohnt, in einem Auto zu fahren und so glaubte sie, eine Ewigkeit unterwegs zu sein, bis sie nach einer Stunde Fahrtzeit in Kleinopitz ankamen – einem kleinen Dorf in Sachsen.

Tante Inge und Onkel Franz lebten in einem eigenen, riesigen Haus. Es hatte drei Stockwerke. Im Erdgeschoss waren auf einer Seite die Gaststube und auf der anderen die Küche und der Laden mit der Metzgerei. In der ersten Etage gab es zur Straße hin einen großen Saal mit einem schwarzen Klavier. Das Büro, ein Gästezimmer, ein Badezimmer und das Schlafzimmer von Onkel und Tante lagen im hinteren Bereich des Hauses. Ging man die Treppe noch weiter hinauf, erreichte man den Dachboden. Auf einer Seite standen Säcke mit Getreide und auf der anderen waren zwei Türen, die in zwei kleine Zimmer führten. Eines davon hatte Tante Inge für Karla hergerichtet. In dem anderen schlief Marlene, das Hausmädchen. In jedem der beiden Zimmer gab es ein Bett, einen Schrank und eine Kommode mit einem großen Spiegel darüber. Auf der Kommode standen die Waschschüssel und der Wasserkrug. Karla war sprachlos, als sie zum ersten Mal ihr Zimmer betrat. Dieser helle, freundliche Raum mit dem großen Fenster in der Dachgaube war nur für sie allein bestimmt.

Nun liegt sie in diesem großen, weichen Bett und denkt an ihr Zuhause, an Mama, Papa und Martin. Sie merkt, wie wohl sie sich hier in Kleinopitz fühlt.

Doch dann schämt sie sich und wird traurig. Zuhause, das ist die muffige Zweizimmerwohnung mit dem kleinen Kämmerchen hinter der Küche – ihrem Zimmer. Papa züchtete dort Kanarienvögel. „Ein Mann braucht ein Hobby", sagte er immer. Wenn dieses Hobby nur nicht so laut gewesen wäre. Morgens bei Tagesanbruch fingen die Biester an zu singen und kratzten und scharrten in ihren Käfigen. Abends, wenn Karla schlafen wollte, war es auch so. Das kleine Fenster im Zimmer durfte sie nicht öffnen. Papa hatte Angst, dass sich die Tiere erkälten könnten. Sie hasste diese Viecher.

Mama versuchte immer, ihr diese Kammer schön zu reden und sagte: „Du solltest dankbar sein, hast ein eigenes Zimmer, Martin nicht. Er muss immer im Wohnzimmer auf dem Sofa schlafen."

Wenn Karla vorschlug, dass sie und ihr Bruder sich doch jeden Monat abwechseln könnten, schimpfte Mama: „Bis vor zwei Jahren hattest du kein eigenes Bett. Jetzt hast du eins. Du bist undankbar."

Martin weigerte sich strikt, mit ihr überhaupt über einen Tausch der Betten zu reden. Und Papa? Er redete mit ihr so gut wie gar nicht, worüber sie nicht traurig war. Oft trank er Bier und Schnaps, meistens in seiner Stammkneipe. Mama weinte dann und schickte Karla dorthin, um ihn abzuholen. Das war keine schöne Aufgabe und auch nicht immer erfolgreich.

Das gut besuchte Wirtshaus in Kleinopitz ist Teil des Wohnhauses von Tante Inge und Onkel Franz. Auch die Metzgerei. Onkel Franz ist Metzger und Gastwirt. Tante Inge und Marlene halten das Haus in Ordnung und verkaufen Wurst, Fleisch und die Eier der eigenen Hühner im Metzgerladen. Karla ist jetzt schon vier Monate in Kleinopitz und in der Zeit war Onkel Franz nicht einmal betrunken. Dabei sind Bier und Schnaps für ihn jederzeit verfügbar. Abends in der Gaststube wissen seine Gäste genau, wann sie nach Hause gehen müssen. Dann nämlich, wenn Onkel Franz die Brille aufsetzt, um den Gästen ihren Verzehr auf einen Block zu schreiben und das Geld zu kassieren.

Einmal in der Woche wog der Onkel Karla im Schlachthaus auf der Fleischwaage. Zuerst fand sie das seltsam. Aber Tante Inge sagte: „Kind, du bist einfach zu dünn. Futtere dir mal ein bisschen was an. So dürr können wir dich nicht wieder nach Hause gehen lassen."

Seitdem servierte Tante Inge Karla jeden Morgen zum Frühstück frische Brötchen mit viel Butter und Wurst. Karla konnte gar nicht so viel essen. Aber da half ihr Seppl, Tante Inges Hund. Seitdem Seppl ihr beim Frühstück helfen durfte, wartete er schon jeden Morgen ungeduldig in der Küche. Wenn die Tante Seppls Hilfsaktionen bemerkte, scheuchte sie ihn hinaus.

Auch Onkel Franz versuchte sein Bestes, damit sie etwas mehr „auf die Rippen" bekam, wie er es nannte. Wenn er in der Wurstküche frische Würstchen herstellte, war die erste Wurstkette, die er aus dem Wurstkessel zog, für Karla bestimmt. Und das waren immerhin sechs Stück. Die nahm sie und ging damit in den Garten oder bei Regenwetter in die alte Remise. Dort stand noch eine richtige Kutsche. Sie war alt und es fuhr auch niemand mehr damit, denn man hätte ein Pferd einspannen müssen. Aber Karla konnte sich hineinsetzen und die Würstchenkette mit ihrem Freund Seppl teilen. Er ist eine Mischung aus Schäferhund und Dackel. Also ein Schäferhund mit Dackelbeinen. Karla liebt Seppl. Er saß sogar geduldig dabei, wenn Karla oben im großen Saal auf dem Klavier spielte. Sie kann nicht Klavierspielen, macht es aber liebend gern. Bei trübem Regenwetter saß sie oft stundenlang allein in diesem großen Raum und übte. Neulich hatte der Lehrer der Dorfschule ihr Klavierunterricht angeboten. Dieser Vorschlag wurde von Tante Inge mit den Worten abgelehnt: „Das bringt nichts. Wenn deine Mutter wieder gesund ist, fährst du ja nach Hause zurück."

Karla seufzt. Jetzt ist es soweit. Heute kommt Mama, um sie abzuholen. Und sie fühlt sich ganz schrecklich. Sie möchte gar nicht wieder nach Hause. Nicht in dieses Zuhause, nicht zurück zu ihrem ständig betrunkenen Papa und zu ihrem Bruder, der sie immer knufft und zwickt, wenn die Eltern gerade nicht im Raum sind. Oft lachte er sie aus und nannte sie eine „blöde Streberliese". Und das nur, weil sie Lesen, Rechnen, Schreiben und Lernen schön findet. Martin dagegen fand die Schule immer doof und war stolz darauf, eine Lehre zu machen und schon Geld zu verdienen.

Aber Karla ging eben immer gern zur Schule und vor allen Dingen in die Bücherei. Lesen ist toll! Dabei kann sie in eine andere Welt eintauchen und alles um sich herum vergessen. Fräulein Schmolzky hatte ihr viele interessante Bücher gezeigt. Manchmal durfte sie der Bibliothekarin helfen. Dann sah sie zurückgebrachte Bücher auf Flecken durch und radierte sie aus. Das erfüllte Karla mit Stolz.

Sie hört wieder Marlenes Schritte auf der Treppe. Aber das Hausmädchen kommt nicht in ihr Zimmer. Karla denkt wieder an die zurückliegenden Monate. Der Schulunterricht hatte ihr gefallen. Die Umstellung war ihr nicht schwergefallen. Schnell hatte sie sich eingefügt und auch gleich eine Freundin gefunden. Rita heißt sie. Karla und Rita hatten viel Zeit gemeinsam verbracht, lernten und spielten miteinander.

Der Schießunterricht im Klassenzimmer der Schule hatte ihr nicht gefallen. Der Lehrer hatte eine Zielscheibe an die Tafel gehängt und die Kinder aufgefordert mit einem Luftgewehr darauf zu schießen. Einmal durfte Karla mitmachen, traf aber nicht einmal die Scheibe nicht. Nach diesen Fehlschüssen wurde sie vom Schießunterricht befreit. Davon wollte sie ihren Freundinnen zu Hause erzählen. So etwas hatten die sicher noch nicht erlebt.

Und dann diese Kartoffelkäferaktion. Soldaten der Nationalen Volksarmee und alle Schulkinder aus Kleinopitz mussten auf den Feldern, die hinter dem Dorf lagen, die Käfer einsammeln. Karla wusste zwar wie diese Tiere aussehen und dass es Schädlinge sind, aber so viele auf einmal hatte sie vorher noch nicht gesehen. Diese Käfer saßen in großer Zahl an jeder Pflanze. Wir Kinder bekamen Blechdosen in die Hand gedrückt und sammelten sie ein. War eine Dose voll, gaben wir sie den Soldaten, die am Feldrand warteten. Die leerten die Dosen aus, gaben sie uns zum weiteren Einsammeln der Käfer wieder zurück und versorgten uns Kinder auch mit frischem Trinkwasser. Das füllten sie aus großen Kanistern in Becher ab.

Karla erinnerte sich auch daran, dass es an dem Tag sehr heiß war. Am Abend tat allen Kindern der Rücken weh und sie hatten einen Sonnenbrand auf den Armen und im Gesicht.

Wehmütig denkt Karla an die vielen Begebenheiten, die sie hier in den letzten Wochen erlebt hat. Wenn sie an ihr Abenteuer mit den Gänsen denkt, ist sie im Nachhinein etwas verlegen. Tante Inge hatte sie wie jeden Morgen mit einer Kanne zu Bauer Reimer zum Milchholen geschickt. Immer war sie schön brav entlang der Dorfstraße gelaufen. Aber an diesem Morgen hatte sie die Abkürzung über den Dorfanger genommen. Den gleichen Weg war sie mit der gefüllten Milchkanne auch zurückgegangen. Bis sie auf eine Gruppe Gänse traf. Die machten ihr platz. Nur ein Ganter nicht. Er kam auf Karla laut zischend mit weit vorgerecktem Hals und geöffnetem Schnabel zu. Sie hatte versucht wegzurennen, doch der Vogel holte sie ein, schlug sie mit den Flügen und zwickte sie mit seinem Schnabel. Karla versuchte sich zu wehren und schlug mit der Milchkanne nach dem Ganter. Dabei schwappte ein großer Teil der Milch heraus. Sie war sehr erschrocken und hatte Sorge, dass Tante Inge und Onkel Franz mit ihr schimpfen würden.

Der Onkel stand in der Haustür und hatte sich das Spektakel angeschaut. Als Karla ihn erreichte und zu einer Entschuldigung ansetzen wollte, lachte er und sagte: „Mach dir keine Sorgen. So ein Gänseerlebnis hatten wir alle schon. Und sollte die Milch nicht reichen, holst du einfach noch einmal welche. Aber dann gehst du wieder an der Dorfstraße entlang." Mit dieser Reaktion hatte Karla nicht gerechnet und war sehr froh, dass Onkel Franz sie nicht ausgeschimpft hatte.

Dann war da noch die Sache mit der Getreideernte. Am Morgen hatte sie sich noch gewundert, warum sie an diesem warmen Sommertag eine Bluse mit langen Ärmeln tragen sollte. Am Abend wusste sie es. Die Getreidehalme hätten ihr sonst die Arme zerkratzt. Karla kam sich schon sehr erwachsen vor, als die Tante ihr gezeigt hatte, wie man hinter den Männern mit der Sense hergeht, das gemähte Getreide mit den Armen zu Garben zusammenrafft und mit langen Halmen zusammenbindet.

Karla erinnert sich auch daran, dass Onkel Franz sie sogar einmal im Auto mit zum Schlachthof genommen hatte. Da konnte sie sehen, wir er Rinder- und Schweinehälften aus der Halle herausschleppte und auf die Ladefläche seines Autos packte.

Überhaupt war Onkel Franz so ganz anders als Papa. Er nahm sich oft Zeit, ihr alles zu erklären, was sie vom Leben auf dem Dorf wissen musste. Und da gab es vieles, was sie nicht kannte. Tante Inge hatte sie neulich in den Wald zum Pilzesuchen mitgenommen und ihr genau gezeigt, wo bestimmte Sorten wachsen. Sie kannte alle Namen der Pilze und wusste auch, welche essbar oder giftig waren. Jetzt lagen viele von ihnen auf Zeitungspapier ausgebreitet zum

Trocknen auf dem Dachboden. Den Geruch der Pilze empfand Karla als angenehm.

Gestern, nach dem Abendessen, war sie noch in den Obstgarten gegangen. Sie wollte sich auf die Bank, die unterm Kirschbaum steht, setzen und lesen. Auf dem Weg dorthin war ihr aufgefallen, dass sie das falsche Buch mitgenommen hatte. Sie ging zurück ins Haus und hielt vor der Küchentür an, weil sie die Stimme von Onkel Franz hörte, der in diesem Moment zu Tante Inge sagte: „Ich hätte nicht gedacht, dass es so schön ist, Karla bei uns zu haben. Sie hat mir gesagt, dass es ihr bei uns sehr gut gefällt und sie überhaupt kein Heimweh hat. Meinst du, sie könnte immer bei uns bleiben?" Und Tante Inge erwiderte: „Ach Franz, ich empfinde das auch so. Aber du weißt, dass das nicht geht. Ein Kind gehört zur Mutter. Denk nicht weiter darüber nach. Es ist nun einmal so, dass wir keine Kinder haben. Finde dich damit ab."

Karla traute sich nicht mehr, in die Küche zu gehen. Sie drehte wieder um und ging, gefolgt von Seppl, mit dem Buch, das sie eigentlich nicht lesen wollte, in den Garten.

Karla liegt immer noch in ihrem Bett und denkt über ihre Situation nach. Sie kommt zu dem Schluss, dass sie, anstatt mit Mama wieder zu ihrer Familie zurückzufahren, lieber in Kleinopitz bleiben möchte. Sie hat Tante Inge und Onkel Franz liebgewonnen. Karla weint. Die Tränen laufen ihr über das Gesicht. In diesem Moment wird die Tür geöffnet und Marlene kommt mit einem fröhlichen: „Hallo Schlafmütze, aufwachen!" herein. Marlene erschrickt, als sie die weinende Karla sieht, setzt sich auf die Bettkante und nimmt sie in die Arme. „Scht, scht", sagt sie. „Ist es so schlimm, dass du wieder nach Hause fahren musst?" Marlene reicht Karla ein Taschentuch. Die putzt sich die Nase und schluchzt noch ein einige Male. Dann beruhigt sie sich, legt den Kopf an Marlenes Schulter und flüstert leise: „Am liebsten möchte ich hierbleiben. Aber ich weiß, dass Mama dann ganz traurig sein würde. Das möchte ich nicht."

Peter Hoffmann

Let's have a party

Beat und Rock in der DDR Ende der sechziger Jahre – was sagen Staat und Partei dazu?

Wer von den jungen Leuten heute kennt sie nicht: John Lennon, George Harrison, Ringo Starr, Mick Jagger, Ronnie Wood oder Charlie Watts? Die Musik der Beatles und der Rolling Stones begeisterte damals im Westen Tausende bei Konzerten. Überfüllte Säle und Stadien, ekstatische Fans und Musiker, die mit ihrem „wild life" für das Lebensgefühl einer ganzen Generation standen.

Walter Ulbricht, der damalige Staatsratsvorsitzende der DDR, kommentierte das Überschwappen des Beatkults auf sein Land mit den Worten: „Ist es denn wirklich so, dass wir jeden Dreck, der aus dem Westen kommt, kopieren müssen? Ich denke, Genossen, mit der Monotonie des je, je, je und wie das alles heißt, ja, sollten wir doch Schluss machen." So geschehen 1965, auf dem XI. Plenum des ZK der SED.

Einer, der mit seiner Band „Cometen" damals genau mit diesem „Yeah yeah, yeah" der Beatles, mit „Wild thing" von den Troggs und „Satisfaction" der Rolling Stones von den Bühnen der DDR dennoch das Publikum anheizte, war der in Friedersdorf aufgewachsene Paul Vörkel.

Der Legende nach kamen Frauen ohne Höschen in kurzen Miniröcken zu den Auftritten dieser Band, um sich dann während des Abends auch noch ihrer Büstenhalter zu entledigen, die dann irgendwann an den Kronleuchtern über den Tanzflächen baumelten. Manche der Fans von damals erinnern sich sogar an Schlüpferkontrollen durch die Polizei, zum Beispiel vor dem Einlass zum Klubhaus in Friedersdorf.

Was ist wahr an diesen Dingen? Der mittlerweile sechsundsiebzigjährige Vörkel sagt heute mit dem Abstand der Jahrzehnte: „Vieles ist Legende. Und wenn du oben auf der Bühne stehst, dann kannst du nichts dafür, wenn zum Beispiel draußen vor der Tür jemand in einem Springbrunnen des Dorfklubs seine Füße badet. Auch wenn der Veranstalter meint, du hättest mit deinen Leuten die Stimmung aufgeheizt."

Aber genau so ein Fußbad führte letztendlich zum erstmaligen Verbot einer Band, die damals schon groß war und vielleicht eine der ganz Großen der DDR geworden wäre. Aber zurück zu den Anfängen:

Erwartungen und Bedürfnisse der Jugend in der DDR Anfang der 1960er Jahre: Auch die Jugendlichen von Friedersdorf lassen sich nicht „hinterm Mond" halten. Sie wollen tanzen, und zwar nach modernen Rhythmen. Das wissen die Verantwortlichen des Dorfklubs in diesem Ort. Trotz Ulbricht und elftem Plenum.

Der Klub spendiert einigen jungen Leuten, die bisher brav im Mandolinenorchester musizierten, aber mehr wollen als Starthilfe Instrumente.

Doch woher die Noten und Texte nehmen? Einer hat ein Kofferradio, ein anderer das Tonbandgerät. Wenn beide Geräte nebeneinanderstehen, können die „Großen Acht" von Radio Luxemburg aufgenommen werden, ohne Verbindungskabel oder sonstige Technik.

Anschließend bringen die beiden, dank ihrer Englischkenntnisse von der Erweiterten Oberschule und der im Mandolinenorchester erworbenen Notenkenntnisse, das Aufgenommene zu Papier. Dann geht es damit zu den Proben.

Erstes Publikum sind Gäste bei Familienfeiern. Aber das soll sich bald ändern. Es spricht sich in Friedersdorf und Umgebung herum, dass da fünf junge Leute um Paul Vörkel eine Musik spielen, die dem Geist der Zeit gerecht wird.

Darf man sich zu dieser Zeit in der DDR einfach auf eine Bühne stellen und Tanzmusik machen? Da in der DDR alles seine Ordnung haben muss, also der Absegnung durch die Behörden bedarf, verliert das Musizieren der Fünf seinen privaten Charakter. Sie müssen bei einer Einstufungsveranstaltung vor einer Kommission spielen. Die vergibt zunächst das Prädikat „Grundstufe". Das bedeutet: Die Musiker bekommen bei ihren Auftritten fünf Mark pro Stunde. Der Chef der Band, Paul Vörkel, 50 Prozent Aufschlag. Ein Ausweis mit Lichtbild, Unterschrift und Dienstsiegel bestätigt das.

Aus PDB, Paulis-Dancing-Band, werden „The Comets", benannt nach einem der Vorbilder, „Bill Haley and his Comets".

Das klingt in dieser Zeit etwas zu westlich. Vertreter des Dorfklubs, die jene Geister, die sie riefen, nicht entgleiten lassen wollen, raten deshalb zu einem deutschen Namen. Die „Cometen".

„Niemandem fällt ein, der Jugend vorzuschreiben, sie solle ihre Gefühle und Stimmungen beim Tanzen nur im Walzer- oder Tangorhythmus ausdrücken. Welchen Takt die Jugend wählt, ist ihr überlassen: Hauptsache, sie bleibt taktvoll." Solche und andere hoffnungsvolle Sätze kann man damals aus dem Politbüro der SED vernehmen.

Es ist überhaupt eine Zeit des Aufbruchs und der Liberalisierung. Jedenfalls offiziell. Die Staatsführung gibt sich vor dem Hintergrund eines Deutschlandtreffens der Jugend weltoffen. Eine halbe Million Jugendliche aus der DDR und 25.000 aus der Bundesrepublik und Westberlin kommen in Ostberlin zusammen. Das Jugendradio „DT 64" sendet rund um die Uhr auch Musik westlicher Sänger und Beat-Gruppen, erhält danach einen festen Sendeplatz im DDR-Rundfunk.

„My boy lollipop"; „Shake hands" und „Skinny minny" sind ebenso Hits wie „I want to hold your hand" mit den Beatles oder „Oh, pretty woman" mit Roy Orbison.

Die Mitglieder der Band „Cometen" wissen, was ihr Publikum hören will und sie arbeiten daran, das auch umzusetzen. Dank eines Verstärkers auf Röhrenbasis mit der damals sagenhaften Leistung von vierzig Watt, den der Dorfklub spendiert hatte, einer Bass-Gitarre und eines Mikrofons können völlig neue Klänge erzeugt werden. Und bevor die Band in Mühlbeck, Friedersdorf, Pouch oder Schlaitz zum Tanz aufspielt, wird das jeweilige Klavier aufgeklappt und mit Reißzwecken präpariert. So entsteht beim Spielen ein „Ragtime-Klang".

Längst sind die „Cometen" zu einer Größe in den Tanzsälen der Umgebung geworden. Und sie haben ihre Fans, zum Leidwesen mancher Veranstalter. Die ehemalige Gaststättenleiterin des Klubhauses von Friedersdorf erinnert sich: „Die haben ja so viel fremdes Volk von außerhalb mitgebracht. Gammler, Langhaarige. Und dann hatten wir damals sowieso ein Problem, mit dem wir nicht fertig geworden sind. Es hieß immer von oben: ,Macht Tanzveranstaltungen, die Jugend muss von der Straße weg!'.

Und damit alles ordentlich und gesittet verläuft, sollten wir nur alkoholarme Getränke ausschenken. Wir haben wirklich nur Cola und Bier verkauft, aber zum Schluss waren manche der jungen Leute so besoffen, dass Amelang, der ABV von Friedersdorf, uns gefragt hat, wie sowas passieren kann. Beim

Saubermachen anschließend haben wir gesehen, was lief, wir haben bergeweise Schluckflaschen zusammengekehrt!

Und dann habe ich bei der Arbeit mal zugehört, wie die „Cometen" proben. Da bin ich bin sogar aus meiner Küche rüber in den Saal gegangen und habe mich auf einen Stuhl gesetzt. Ich spiele ja selber Klavier und war erstaunt, mit welcher Ernsthaftigkeit die bei der Sache waren. Da gab es Stellen, die haben die wieder und wieder probiert. Und sie waren noch und noch nicht zufrieden. Ich kann nur sagen, dass ich schließlich Hochachtung vor dem hatte, was diese jungen Leute da machten."

Darf man in der DDR öffentlich spielen, was man will? Welche Bands standen damals in der Gunst des Publikums? Was brachte die jungen Leute in Ekstase? Paul Vörkel muss da nicht lange überlegen. Er nennt Namen wie Deep Purple, Golden Earing, C.C.R., The Rolling Stones, The Eagles, Uriah Heep, die Beatles. Und an Titeln fallen ihm spontan „Hey Joe", „Back home", „Hey to night",und "Let it be" ein.

Aber wo blieben da die Stücke aus der Sozialistischen Staatengemeinschaft? Schließlich musste die

DDR für jeden gespielten Westhit Tantiemen an den damaligen Klassenfeind zahlen. Die AWA, die Anstalt zur Wahrung der Aufführungsrechte (heute die GEMA), wachte darüber, dass bei öffentlichen Tanzveranstaltungen das zahlenmäßige Verhältnis von Ost- zu Westtiteln eingehalten wurde: 60 Prozent Ost, 40 Prozent West.

Vörkel dazu: „Wir haben das nicht so verbissen gesehen. Nach unserem Rechenverständnis ergaben 40 und 60 hundert Prozent. Und wir wollten zu hundert Prozent Musik machen, die dem Publikum gefällt. Also gab es bei uns keine Ostlieder."

Und dann waren wir inzwischen mit unserer Technik voll auf der Höhe der Zeit. Wir kannten jemanden, der wiederum jemanden kannte, der aufgrund seiner Nationalität zwischen Ost- und Westberlin frei hin- und herfahren durfte. Der hat uns Verstärker von „Dynacord" und Mikrofone von „Sennheiser" besorgt. Das war damals das Beste vom Besten.

Wie kommt die Band zu den Veranstaltungsorten? Boxen, Keaboard und sonstige Technik zu transportieren wird zum Problem. Ein Trabbi reicht nicht. Lieferwagen werden in der Volkswirtschaft gebraucht. Die Lösung für das Transportproblem der „Cometen" hat einen russischen Namen: „Savod imeni Molotowa", im normalen Sprachgebrauch auch als „SiM" bezeichnet und nach dem damaligen sowjetischen Außenminister Wjatscheslaw Michailowitsch Molotow benannt. Dieses Auto gehört dem Taxiunter-nehmen Hitzinger in Landsberg. Es hat einen Hubraum von 3,5 Litern, 70 kW, ist gasbetrieben und verfügt über eine Dreigang-Automatikschaltung. Hitzinger erwarb das Fahrzeug über ein Berliner Vermittlungskontor, als die Fahrzeugflotte der Regierung erneuert wurde. Der erste Nutzer jenes „SiM" soll Otto Grotewohl gewesen sein.

Dieses Auto ist in seinem Erscheinungsbild den damaligen amerikanischen Straßenkreuzern nach-empfunden. Aus Fahrzeugen dieses Typs bestanden noch wenige Jahre zuvor die Fahrzeugflotten der sowjetischen Regierung und die in den befreundeten sozialistischen Ländern.

In eben solch einem „Schiff", das obendrein noch im Schwarz der Regierungsflotte lackiert ist, lassen sich die „Cometen" bei ihren Auftritten vorfahren!

Die „Cometen" messen sich mit ganz großen. Vörkel erinnert sich an einen Auftritt in Neusalza-Spremberg: „Das liegt zwar tief im Süden der damaligen Republik, aber man kannte uns eben. Wir hatten sogar eine Vorband, waren als Attraktion des Abends angekündigt. Tausend Menschen rockten im Saal. Einer von unseren Fans kam plötzlich auf die Bühne und sagte, dass zur selben Zeit in Zittau die Puhdys spielten, aber dort nicht viel los sei. Das war natürlich ein Erfolgserlebnis für uns!"

Die Band hat inzwischen ihre Roadies, die sie bei ihren Auftritten begleiten, die Technik aus- und einladen, zusammen- und wieder auseinanderbauen. Während die Fans in Viererreihen draußen nach Eintrittskarten anstehen, genießen Paul Vörkel, Volker Begert, Hans Ohms, Gerd Lohmann und Bernd Költzsch drinnen schon mal ein kühles Bier. Und es kommt wohl auch vor, dass sie dabei mit jungen Frauen flirten, für die sie Idole sind, wie in anderen Teilen der Welt die Stones, Lords oder Marmelade inmitten einer kreischenden Fangemeinde.

Solcherart Auftreten kann natürlich nicht unbeachtet bleiben. Das hatte den Beigeschmack von westlicher Dekadenz. Und so darf man heute wohl mit einer gewissen Wahrscheinlichkeit vermuten, dass zu jener Zeit nur noch der berühmte Tropfen fehlt, welcher das Fass zum Überlaufen bringt.

Ist dies das Ende? Es ist der 8. August 1968 in Friedersdorf. Vörkel erinnert sich: Es war eine Affenhitze im Saal und in der Pause ist einer unserer Musiker raus und hat ein Bein in den Springbrunnen gehalten, um sich abzukühlen. Natürlich waren da genug junge Leute um ihn, die es ihm gleichtaten.

Ein paar Tage später wurden wir dann zum Rat des Kreises bestellt. Norbert Jenke, der stellvertretende Abteilungsleiter Kultur, unser Dorfklubleiter und einige andere haben uns zu den Vorkommnissen an diesem Tag befragt.

‚Welche Vorkommnisse?' wollte ich wissen.

‚Na, dass Sie zerstören, was die Werktätigen aufgebaut haben!'

‚Wie?'

‚Sie haben den Brunnen im Klubhaushof zum Baden missbraucht und dabei beschädigt!'

Das war es dann. Auftrittsverbot und Entzug der Spielerlaubnis."

Im Frühjahr des folgenden Jahres erhalten die Musiker ihre staatlichen Zulassungen zurück. Einer der ersten Auftritte danach findet im Klubhaus Sandersdorf statt. Die nun offenbar von westlicher Dekadenz geläuterten Kapellenmitglieder werden in einer Zeitungsanzeige vom damaligen Kulturbundvorsitzenden von Sandersdorf, Paul Blaschke, mit den Worten angekündigt: „Es spielen für Sie die ‚Cometen' aus Friedersdorf unter dem Motto: ‚Melodien für Herz und Gemüt, Perlen des Frohsinns!'"

Nichts gelernt oder zu selbstbewusst? Ganz und gar nicht im Sinne dieser gedruckten Worte ist eine Neuerung, mit der die beliebte Friedersdorfer Band bald bei ihren Auftritten nach der Wiederzulassung punktet: eine eigene Hitparade!

Paul Vörkel verrät, wie das damals gemacht wurde: „Orientiert haben wir uns am „Beat-Club" und an den „Großen Acht" von Radio Luxemburg. Mittags den neuesten Titel gehört, nachmittags die Blätter für Text und Noten geschrieben und abends standen wir damit auf der Bühne. Dabei haben wir sicher manchmal auch ‚Denglisch' gesungen, weil wir die Worte so aufgeschrieben haben, wie wir sie verstehen konnten. Eine richtige Hitparade wurde es aber erst, weil wir Zettel im Publikum verteilt haben. Jeder konnte seine Favoriten aufschreiben. Und dann wurde es im Verlaufe des Abends vom achten bis zum ersten Platz immer spannender …"

„Der Krug geht so lange zum Brunnen, bis er bricht", würde der Volksmund kommentieren. Die Dialektiker unter den Funktionären würden es mit dem „Umschlagen quantitativer Veränderungen in Qualitative", oder mit der „Einheit und dem Kampf der Gegensätze" philosophisch erklären: Es kann unter den damaligen gesellschaftlichen Verhältnissen nur eine Frage der Zeit sein, bis das nächste Auftrittsverbot der „Cometen" fällig wird.

Jede Gesellschaft hat ihre Tabus. Immerhin lässt der Anlass dazu fast drei Jahre auf sich warten. Genau gesagt bis zum Gröbziger Heimatfest im Sommer 1971.

Der Zufall will es so, dass für diesen Samstagnachmittag ein Fußballspiel Borussia Mönchengladbach gegen Bayern-München angesagt ist. Gerd Lohmann, Günter Nieslony, Bernd Sporleder, Hans Ohms und Paul Vörkel – die letzte Besetzung der „Cometen" – stehen arglos auf der Bühne und bieten dem Publikum das, weswegen es gekommen ist. Einer ihrer Fans hat sich währenddessen mit seinem Transistorradio, das damals viele junge Leute mit sich herumtragen, in eine ruhige Ecke zurückgezogen, um das erwähnte Spiel zu verfolgen.

Unmittelbar nach dem Schlusspfiff springt er hinauf zu den Musikern und steckt Vörkel einen Zettel zu. Noch immer ahnungslos, spielt der mit seinen Bandkollegen den aktuellen Titel zu Ende. Und dann geschieht das Spontane, Denkwürdige und für einige der Anwesenden auch Ungeheuerliche: Als leidenschaftlicher Fußballfan ruft der Bandchef so laut in das Mikrofon, dass es des daran gekoppelten Verstärkers kaum bedurft hätte: „Soeben ist Mönchengladbach Deutscher Fußballmeister geworden!"

Das Publikum tobt, viele stehen auf, stemmen die Biergläser in die Höhe, singen und jubeln. Und schon wenige Minuten später kommen andere Leute auf die Bühne, die bisher unauffällig unters Publikum gemischt waren und dienstlich unterwegs sind. Einer von denen sagt: „Das melden wir nach Bitterfeld, das wird Konsequenzen haben!"

„Dieses Mal war das Verbot der Todesstoß. Was sollten wir machen? Wir wussten, dass es diesmal endgültig war. Also: Ende, Schluss, jeder hat sich in seine Arbeit gestürzt."

Das Ende oder ein neuer Anfang? Ich hatte zwischendurch in Ilmenau Galvanotechnik und Elektrotechnik studiert und war seit 1967 bei der Galvanotechnik in Leipzig als Projektingenieur beschäftigt. Eine Dienstreise hat die andere abgelöst. Ich war laufend unterwegs, habe sämtliche sozialistischen Länder bereist. Acht Jahre Musik mit den ‚Cometen' von 1963 bis 1971, das reichte dann irgendwie. Und wenn man realistisch war, dann musste man sich auch etwas anderes eingestehen: Die Zeit mit den zahlreichen Tanzmusikbands hatte ihren Zenit überschritten. Die Diskotheken haben uns den Rang abgelaufen. Die kosteten die Veranstalter nur einen Bruchteil dessen, was eine Kapelle kostete. Und die jungen Leute hatten Originalmusik zum kleinen Eintrittspreis. Wir hätten ganz groß werden oder in der Bedeutungslosigkeit dahindümpeln müssen. Ja, damals, als alles anfing …"

Der ehemalige Chef der „Cometen" kommt noch einmal ins Schwärmen: Von einem Musical spricht er, das den Bandmitgliedern vorschwebte und für das es sogar schon Proben gegeben hatte: „Fiktiver Report über ein Rockfestival". Vielleicht wäre dieses Projekt der Schlüssel gewesen, um angesichts der Flut von

Diskotheken die Tür zu einem völlig neuen Wirkungs-raum zu öffnen. Aber das berühmte „Was wäre, wenn?" bringt im Nachhinein nichts.

Versuch eines Resümées: Von ihrer Gründung bis zum endgültigen Verbot 1971 treffen die „Cometen" mit dieser Musik, die zutiefst die ihre ist, genau den Nerv der Zeit.

Sie musizieren vorbei an Ulbrichts 1965 auf dem XI. Plenum des ZK geäußertem „... und mit diesem je, je, je und wie das alles heißt ..." und weiteren Bedenken.

Sie sind, genau wie andere Bands zu jener Zeit und in diesem Land, der Krug, der solange zum Brunnen geht, bis er zerbricht. Doch sein Inhalt geht nicht verloren. Er fließt nach ehernen Gesetzen, wohin es ihm bestimmt ist. Er hilft einer Saat beim Keimen, aus der schließlich etwas heranwächst, das im Weltenlauf so wohl vorgesehen ist.

Jede Generation hat ihre Werte und ihre Idole. Aber: „Ja, das war unsere Zeit!", werden verzückt jene sagen, die damals den Beatles, Stones oder Deep Purple auf dem Bildschirm in Kultsendungen wie dem „Beat-Club" folgten, oder DDR-Musikgruppen wie „Stern-Meißen", „Lift" oder eben die „Cometen", als ihrer realen Welt zugehörig verehrten.

„Woodstock", „Vietnam", „Freie Liebe", „Blumen-kinder" ... Eine heranwachsende Generation suchte ihre Antworten auf grundsätzliche Fragen. „Alles was du brauchst ist Liebe", war da ein willkommener Satz, in einer Zeit, als Kalter Krieg und Abschottung der Weltsysteme jegliche Zukunft in Frage stellten.

Innerhalb dieser Konstellationen waren die „Co-meten" eine Erscheinung, die kam, aufleuchtete, fas-zinierte, um dann gemäß dem Gleichnis, das sich mit diesem Namen verbindet, ebensoschnell wieder zu verlöschen.

Elke Bannach

Alte und neue Heimat

Solang wie letzten Samstag war mir die Fahrt von Köln nach Gernsdorf noch nie vorgekommen. Am Wetter lag es ganz sicher nicht. Die Sonne schien, der Verkehr auf der A1 war sogar weniger dicht als sonst und ich hatte keinen Zeitdruck. Na ja, fast keinen. Als ich an das Zuhause, meine Familie und die Freunde dachte, fühlte ich mich niedergeschlagen und lustlos. Dabei sollte es einer meiner schönsten Tage sein und ich wollte voller Freude und Erwartung nur so überquellen. Mit meinen Eltern hatte ich 17 Uhr als Ankunftszeit vereinbart. Mir war klar, dass ich aber vor 18 Uhr nicht in Gernsdorf eintreffen würde, weil ich in Köln eine Stunde später als geplant losgefahren war. Und wenn ich ehrlich zu mir bin, dann wäre ich überhaupt nicht gefahren. Doch mein Vater hatte mir am Telefon gesagt, dass er für 18 Uhr einen Tisch und mein Lieblingsessen, Steak mit Pommes und scharfer Soße, im Bowlingcenter bestellt hätte. Ich seufzte laut, doch wurde meine Stimmung dadurch auch nicht besser.

„Mensch, Leon!", rief ich mich selbst zur Ordnung. „Lass dich nicht hängen! Reiß dich zusammen! Deine Eltern wollen dir ein schönes Wochenende bereiten und du spielst den Miesepeter!"

Plötzlich wurde ich aus meinen Gedanken gerissen. Mein Gott! Fast hätte ich das Wohnmobil übersehen. Wie kann dieser Blödmann auch einfach von der Beschleunigungsspur auf die Fahrbahn ausscheren? Meine guten Bremsen haben in letzter Sekunde Schlimmeres verhindert. Ich nahm mir vor, mich besser zu konzentrieren und versuchte an etwas Schönes zu denken.

Zu Beginn meines Studiums in Köln war es mir sehr schwer gefallen, das Appartement auf dem Campus, die neue Umgebung und das Studium selbst anzunehmen. Dabei war es genau das, was ich unbedingt gewollt hatte. Ein Studium an der Hochschule für Verwaltung, selbstbestimmt in einem eigenen Appartement zu leben, neue Leute kennenlernen, alles das war mein absoluter Traum gewesen. Bei der dem Studium vorausgegangenen Eignungsprüfung in Köln hatte ich fast 800 Mitbewerber. Die meisten Prüflinge

waren sogar erheblich älter als ich, der frischgebacke-
ne Abiturient. Danach war ich mit einem guten Gefühl
wieder nach Hause gefahren. Die zweite Einladung,
dieses Mal zum persönlichen Gespräch, war für mich
nur eine Formsache gewesen. Ich war der felsenfesten
Überzeugung: Die nehmen mich. Klar spielte bei
meiner Entscheidung für dieses Studium eine wesent-
liche Rolle, dass alle Studierenden bereits als Beam-
tenanwärter angestellt waren und ein Gehalt erhielten.
Den Besuch einer regulären Hochschule hätten mir
meine Eltern nicht finanzieren können.

Die Appartements im Studentenwohnheim waren
zwar rar, doch wurden bei der Vergabe Studierende
mit einem weit entfernten Elternhaus bevorzugt. Zu
diesem Personenkreis gehörte ich. Meine Wohnung
bestand aus einem großen Zimmer und einer eigenen
Nasszelle. Das war auch die richtige Bezeichnung,
denn Duschbad mitsamt Toilette hatten wirklich nur
die Größe einer Zelle. Es überraschte mich angenehm
– mein neues Zuhause war frisch renoviert und bereits
möbliert. Ein Bett mit Nachttisch, ein Kleiderschrank,
ein Schreibtisch, ein Bürostuhl, ein Sessel und ein
Tisch waren bereits vorhanden. Auch eine Decken-
leuchte, eine Schreibtisch- und eine Nachttischlampe.

Sogar an einen Computer mit Tastatur und Maus hatte man gedacht. Einen kleinen Wermutstropfen gab es jedoch, für Spiel- und Spaßprogramme sowie für die meisten Internetaccounts galt eine Sperre bis 22 Uhr. In der Zeit vorher sollte man wohl lernen. Auch verständlich, denn wir galten als Angestellte in Ausbildung. So hatte man uns die Regeln erklärt. Auch musste bei Krankheit eine Arbeitsunfähigkeitsbescheinigung vorgelegt werden. Blaumachen, Fehlzeiten – Fehlanzeige. Bei unentschuldigtem Fehlen drohte eine Gehaltskürzung. Derjenige Student, der wiederholt fehlte, riskierte den Abbruch seines Studiums. Eine schreckliche Vorstellung, aber mir würde das nicht passieren. Da war ich mir absolut sicher.

Dann sah ich das Schild: Raststätte 5 km. Sollte ich mir noch einen Kaffee gönnen? Und zur Toilette könnte ich auch mal wieder gehen. Ich schaute auf die Uhr am Armaturenbrett. War die letzte Pause wirklich erst eine halbe Stunde her? Ich entschied mich, weiterzufahren. Meine Gedanken wanderten wieder zurück nach Köln.

Auf jeder Etage des vierstöckigen Wohnheims waren 30 Appartements. Sie waren alle genauso wie meins eingerichtet. Sollte mal einer in der falschen

Etage und im falschen Zimmer landen, würde es demjenigen noch nicht einmal sofort auffallen. Am ersten Tag des Studiums wurden wir auf dem Campus herumgeführt und mit allen organisatorischen Abläufen vertraut gemacht. Wir lernten die Mitbewohner auf der Etage kennen. Auch auf der Etage, in der mein Appartement lag, waren alle Altersgruppen vertreten. Die Bewohner kamen nicht nur aus verschiedenen Bundesländern, nein, zwei stammten aus dem europäischen Ausland. Männlein und Weiblein waren bunt gemischt. Eine junge Frau trug ein Kopftuch. Sie war wohl muslimischen Glaubens. Nachdem wir uns alle vorgestellt hatten stand fest, dass ich der einzige aus einem der neuen Bundesländern war – aus Sachsen-Anhalt.

Zur allgemeinen Freude sahen wir, dass es eine große Gemeinschaftsküche mit einer richtig guten Ausstattung gab. Sogar an drei große Kühlschränke mit einem abschließbaren Fach für jedes Appartement hatte man gedacht. In den ersten Wochen trafen wir Bewohner uns sporadisch beim Zubereiten von Mahlzeiten oder auf dem Flur. So nach und nach stellten wir fest, dass es doch praktischer wäre, wenn nicht jeder für sich allein kochen würde. Und so verabredeten sich immer mehr Leute zum gemeinsamen Kochen und Essen. Mich fragte niemand, ob ich mit ihr oder ihm zusammen eine Mahlzeit zubereiten wollte. Ich traute mich auch nicht, andere deswegen anzusprechen. Deshalb schmierte ich mir abends in meinem Zimmer ein paar Brote, aß sie dort und trank dazu Cola oder Limo, aber hin und wieder auch ein Bier. Ich fühlte mich total ausgegrenzt und fragte mich, ob ich mich richtig entschieden hatte, von zu Hause wegzugehen und in einer weit entfernten Stadt ein Studium zu beginnen. Das erzählte ich aber niemandem, schon gar nicht meinen Eltern. Das ist jedoch nicht ganz richtig. Ich habe es doch jemandem erzählt, nämlich Bernd, meinem Stofftier.

Bernd war seit meinem fünften Geburtstag mein treuer Begleiter. Diesem Stoffhund hatte ich in den ganzen vielen Jahren alle meine Wünsche, Träume, positive und negative Erlebnisse und auch meine Ängste erzählt. Als meine Eltern sahen, wie ich Bernd in meine Tasche packte um ihn mit nach Köln zu nehmen, schüttelte mein Vater nur den Kopf. Meine Mutter lachte und sagte: „Hoffentlich passt er gut auf dich auf." Bernd hatte in meinem Appartement einen Ehrenplatz auf der Fensterbank. So konnte er gut den

Campus überblicken. Schließlich lag mein neues Zuhause in der dritten Etage.

Ich hatte Bernd gerade von meinen Kummer erzählt, als es an meine Tür klopfte. Ich rief: „Herein!" Sofort wurde sie geöffnet und eine der Studentinnen, die auch ein Appartement auf der 3. Etage hatte, kam ins Zimmer. Es war Lilly. Sie blieb nach wenigen Schritten stehen, schaute sich um und fragte mich: „Was ist mit dir los? Warum willst du mit uns nichts zu tun haben?"

Ich war zunächst sprachlos. Dann stammelte ich: „Wieso ich? Was soll mit mir los sein? Nichts! Mit mir spricht doch niemand!"

Lilly prustete los und sagte dann: „Mit dir spricht niemand? Kann auch keiner. Du verschwindest doch immer sofort in deinem Appartement." Sie trat näher an meinen Schreibtisch heran, schaute auf den Teller mit Broten und meinte: „Die kannst du auch bei uns in der Küche essen!", schnappte ihn sich und war schon zur Tür raus, bevor ich den vor Staunen offenstehenden Mund wieder zuklappen konnte. Ich atmete tief durch, schaute noch einmal Bernd an und folgte

Lilly in die Gemeinschaftsküche. Ich meinte, dass Bernd mir noch aufmunternd zugenickt hatte.

In der Küche saßen bestimmt zehn Studentinnen und Studenten um den großen Esstisch herum. Frank, dessen Appartement neben meinem lag, grinste über das ganze Gesicht. Er zeigte auf den leeren Stuhl neben sich und meinte: „Na, hat gar nicht weh getan, aus dem Schneckenhaus herauszukommen. Oder?"

Ich setzte mich neben ihn. Er knuffte mir aufmunternd in die Seite und fragte mich: „Auch ein Bier?" Ich nickte zustimmend. Die Atmosphäre war sehr entspannt, jeder redete mit jedem, scherzhafte Bemerkungen flogen hin und her. Dabei stellte ich fest, dass sich schon zwei Lerngruppen gebildet hatten. Ich fand die Idee, gemeinsam zu lernen gut, traute mich aber nicht zu fragen, ob ich teilnehmen könnte. Als ich noch darüber nachdachte, wie und wo ich mich einer solchen Gruppe anschließen könnte, grinste Lilly mich an und meinte:

„Lass uns doch eine dritte Lerngemeinschaft aufmachen. Wäre schön, wenn du auch mitmachen würdest. Wer von euch hat noch Lust dabei zu sein?"

Und ehe ich mich über so viel Selbstbewusstsein wundern konnte, waren wir schon 5 Studierende, die

75

sich zum nachmittäglichen Lernen zusammenfinden wollten.

Irgendwann im Laufe des Abends hatte jemand die Idee zu einem Kochduell. Es wurden Vorschläge gemacht und wieder verworfen. Bis Justin sagte: „Was haltet ihr von einem Duell Ost gegen West?" Er blickte dabei fragend in die Runde.

„Das ist es!", rief Lilly. „Wer von uns war denn überhaupt schon einmal in Ossiland und weiß, welche Spezialitäten es dort gibt?" Jetzt redeten alle durcheinander und einigten sich darauf, dass Justins Vorschlag einfach genial sei. Doch jetzt kam die große Frage – wer kocht? Da ich der einzige in der Runde war, der aus den neuen Bundesländern kam, war die Frage wer Ossiland vertritt schnell geklärt. Doch wie stand es mit einem Vertreter aus Wessiland? Wir einigten uns auf den Urheber der Idee, auf Justin. Alle wollten natürlich wissen, mit welchem Gericht ich in den Wettstreit gehen würde. Ich grinste und sagte: „Spontan fällt mir ein Gericht ein, das ‚Tote Oma' heißt. Es ist eins meiner Lieblingsgerichte."

Als ich das ausgesprochen hatte, war zunächst auf allen Gesichtern ungläubiges Staunen zu sehen. Dann setzten Gelächter und Diskussionen ein. Von einem solchen Gericht hatte keiner der Anwesenden je gehört. Ich wurde mit Fragen bestürmt, schüttelte den Kopf und sagte nur: „Lasst euch überraschen."

Wir vereinbarten einen Termin für unser Duell. Justin bemerkte dann etwas frustriert: „Warum fragt mich eigentlich keiner, was ich kochen will?" Ein paar guckten etwas betreten und Lilly meinte dann: „Ja, was kocht du denn?" Justin räusperte sich und sagte: „Jägerschnitzel." Das wurde dann auch von allen mit Hallo begrüßt.

Wieder in meinem Appartement, rief ich sofort meine Mutter an. Für mich ist sie die beste Köchin der Welt und es gab bisher kein von ihr zubereitetes Gericht, das mir oder meinem Vater nicht geschmeckt hätte. Bisher hatte ich mich zuhause immer von ihr verwöhnen lassen und so halten sich meine Kochkünste absolut in Grenzen. Meine Mutter sagte immer, ich würde sogar Wasser anbrennen lassen, aber das ist, meiner Meinung nach, schamlos übertrieben. Bei diesem Kochduell hatte ich den Ehrgeiz zu glänzen. Ich erzählte meiner Mutter am Telefon von der Aktion und meiner Idee, die Mitbewohner mit „Tote Oma" zu beglücken. Sie meinte daraufhin nur: „Da hast du dir aber was richtig Gutes aus DDR-Zeiten vorgenommen. Und jetzt zum Mitschreiben …" Sie diktierte mir zuerst die Einkaufsliste und dann eine Schritt-für-Schritt-Anleitung für die Zubereitung.

Von dem Tag an bin ich jeden Abend zu den anderen in die Küche zum gemeinsamen Abendessen gegangen. Und plötzlich fühlte ich mich akzeptiert. Das Kochduell war ein voller Erfolg. Wir waren uns einig, es gab keinen Sieger, dafür zwei tolle Abendessen.

Erst als mich ein Autotransporter überholte, stellte ich fest, dass ich nur noch mit einer Geschwindigkeit von gerade einmal 90 Stundenkilometern über die rechte Fahrbahn kroch. Ich war total in Gedanken versunken gewesen und hatte nicht bemerkt, dass ich immer langsamer fuhr. Ich seufzte, beschleunigte wieder und setzte zum Überholen des Autotransporters an.

In den vergangenen Monaten war ich einige Male übers Wochenende zu Hause gewesen. Natürlich bin ich dann auch jedes Mal in den Jugendclub gegangen, um meine Freunde zu sehen. Es gab viel zu erzählen und wir stellten uns gegenseitig eine Menge Fragen. Meine Freunde hatten sich für mich gefreut, dass mein Wunsch, an der Hochschule für Verwaltung zu studieren, in Erfüllung gegangen war. Aus unserer alten Clique war ich der Einzige, der sich nach dem Abitur für eine Ausbildung in einem weit entfernten Ort entschieden hatte. Alle anderen waren entweder in Gernsorf oder in der Nähe geblieben. Wenn wir dann so zusammen saßen, beschlich mich manchmal das Gefühl, dass irgend etwas anders geworden war. Ich fragte mich „Was?" Aber wie oft ich auch darüber nachdachte, ich fand auf diese Frage keine Antwort. Es war lediglich ein Gefühl, das ich nicht an etwas Konkretem festmachen konnte. Ich hatte einmal meinem Vater davon erzählt, doch der meinte nur: „Du spinnst dir da was zusammen." Also war Bernd mal wieder mein „Kummerkasten". Der hörte mir wenigstens kommentarlos zu.

Das alles ging mir durch den Kopf, als ich in meinem Auto saß und an meinem Geburtstag nach Hause fuhr. Meine Mitbewohner aus dem Studentenwohnheim hatten mir heute Morgen in aller Frühe ein Ständchen gebracht. Ich war gerührt, spürte wie sich in meinem Hals ein Kloß entwickelte und musste mich räuspern und mir die Nase putzen. Auf die Idee, mir an meinem Geburtstag morgens um sieben Uhr ein Lied zu singen, war bisher noch niemand gekommen. Ja, in den letzten Wochen war mein neues Zu-hause für mich zu einer zweiten Heimat geworden, in der ich mich wohlfühlte und anerkannt wurde.

Vor ungefähr vier Wochen hatte ich die Freunde aus meiner alten Clique zu meiner Geburtstagsparty eingeladen. Ich wurde 20 Jahre alt und wollte es zu diesem runden Geburtstag zu Hause so richtig kra-chen lassen. Alle sagten zu. Dann kamen so nach und nach die Absagen. Der eine musste bei einem Umzug helfen, ein anderer hatte eine dringende Familienfeier. Gestern hatten sich noch ein paar gemeldet und abge-sagt. Es sei gerade eine Magen-Darm-Grippe im Um-lauf und sie hätten sich wohl angesteckt.

Das war eine Riesenenttäuschung. Ich rief schwe-ren Herzens meine Eltern an, um sie zu informieren, dass es in diesem Jahr keine Party geben würde. Mei-ne Mutter versuchte mich zu trösten und sagte, dass wir dann eben zu dritt lecker Essen gehen. Mir war der Appetit gründlich vergangen. Doch ich wollte sie nicht enttäuschen und stimmte zu.

An der nächsten Raststätte hielt ich noch einmal an. So oft wie auf dieser Fahrt war ich noch nie zur Toilette gegangen. Je näher ich meinem Heimatort kam, desto mehr war mir zum heulen zumute. Ich versuchte mich zu trösten und sagte mir: „Vielleicht taucht ja doch noch der eine oder andere auf."

Und dann war es soweit. Ich kam zu Hause an. Unter dem Carport vor unserem Haus standen nur die beiden Autos meiner Eltern. Ich sagte mir: „Leon, das ist jetzt eben so. Zeig' Haltung und versaue wenigstens deinen Eltern nicht den Abend!"

Nachdem ich das Auto auf meinen Platz unter das Carport gestellt hatte, nahm ich meine Reisetasche aus dem Kofferraum und ging zur Haustür. Das Herz war mir sprichwörtlich in die Hose gerutscht und ich musste mir ein paar Tränen verkneifen. Ich atmete tief durch und holte meinen Haustürschlüssel aus der Jackentasche. Doch kaum hatte ich den in das Schloss gesteckt, wurde die Tür von innen aufgerissen. Ein Konfettiregen überschüttet mich. Lautes Tröten und die Rufe: „Überraschung! Überraschung!", erklangen.

Alle meine Freunde waren gekommen. Wir umarmten uns und alle beglückwünschen mich. Vor lauter Freude konnte ich meine Tränen nicht mehr zurückhalten. Oh ja, ich war zu Hause angekommen! Und dann erkannte ich, dass es für mich zwei Heima-

ten gab: Die alte, die immer in meinem Herzen bleiben würde und die neue, andere, in Köln.

Peter Hoffmann

Josephine

Was macht einen Menschen für uns besonders? Bringt ein Alleinstellungsmerkmal Probleme mit sich? Mal sieht man die etwa Zwölfjährige vor Brigitte Richters Wohnzimmerfenster stehen und mit der Achtzigjährigen plaudern. Dann wieder geht sie neben einem älteren Ehepaar her. Dabei ist nicht zu übersehen, dass die drei sich angeregt unterhalten. Auch kann ich immer wieder beobachten, dass die Heranwachsende jeden Anwohner unserer Straße grüßt.

Seltsam. Da kommen Erinnerungen in mir auf. Ich muss an meine Kinderzeit denken und an die Ermahnungen meiner Eltern und Großeltern: „Und wenn du einen Erwachsenen siehst, dann vergiss nicht zu grüßen!"

Ach, waren das noch Zeiten, als die Hoftore in unserer Straße nicht verschlossen waren und die Haustüren, zumindest tagsüber, auch nicht. Als man noch, ohne vorher klingeln zu müssen, zum Nachbarn gehen und an seiner Küchentür anklopfen konnte, wenn z.B zufällig kein Puddingpulver im Hause war. Und an den Sommerabenden stellten die alten Leute Stühle auf den Fußweg, um den Tag mit einem „Schwatz" ausklingen zu lassen. Wir Heranwachsende fanden das zumindest lustig, wenn mir mit unseren Mopeds vorbeiknatterten und verständnislose Blicke einfingen.

Und wie ist es heute? Heute macht jeder „Seins". Die Leute fahren nach der Arbeit oder nach dem Einkauf mit dem Auto bis zum Grundstück, mancher öffnet die Garage sogar mit der Fernbedienung, bevor er rein fährt … Ich weiß nicht einmal, wie die vor ein paar Jahren Zugezogenen einige Häuser weiter heißen. Und die Alten Leute begegnen sich bestenfalls noch, wenn das Bäcker- oder Fleischerauto am Parkplatz einen Verkaufsstop einlegt. Viele sind sich fremd geworden, aber nicht alle: Wir haben Josephine, so heißt diese Zwölfjährige, in unserer Straße. Von ihr geht etwas aus, was mancher in dieser Zeit vermisst.

Sollte man einfach jemanden ansprechen? Es ist an einem Nachmittag. Ich werkele am Gartenzaun. Josephine kommt aus der Schule, bleibt stehen, grüßt. Ein Wort ergibt das andere. Ich erfahre u.a., dass dieses Mädchen das Kind der früheren Spielgefährtin meiner Tochter ist. Ja, ein bisschen Ähnlichkeit ist zu erkennen: Das markante Kinn, die fein geformte Augenpartie. Nur solche langen Haare hatte ihre Mutter damals nicht. „Das wird mal eine hübsche junge Dame", muss ich bei diesem Anblick denken.

„Weißt du noch, wie dein Opa dich auf dem Gepäckträger vom Fahrrad aus dem Kindergarten abgeholt hat?", frage ich und Josephine antwortet: „Er hat mir dabei oft von seiner Arbeit als Elektriker auf dem Kraftwerk erzählt und was sonst noch tagsüber so passiert ist." Ja, das Kraftwerk gibt es auch schon seit langem nicht mehr. Wie vieles, das nach der Wende verschwunden ist.

Es tut mir gut, als älterer Mensch von einem jüngeren so selbstverständlich angenommen zu werden. Aber gleichzeitig mischt sich auch etwas Sorge in dieses Gefühl: Ist diese Welt, in der wir jetzt leben, dazu angetan, junge Leute wie dieses Mädchen so unbedarft und voller Urvertrauen auf andere zugehen zu lassen?

Sollte man die eigenen Erfahrungen und Ansichten auf seine Mitmenschen projizieren? „Gestern habe ich mich bei der Jugendfeuerwehr angemeldet!", erfahre ich von Josephine und bin schon etwas erstaunt über die Selbstverständlichkeit, mit der das Mädchen diesen Satz ausspricht. Wie eine Erwachsene, die weiß, was sie will und genaue Vorstellungen von dem hat, was sie sagt. Solch ein Selbstbewusstsein hatte ich damals nicht. Lag das an der Zeit, an meiner Erziehung oder einfach nur an mir?

„Hoffentlich wird alles so, wie du dir das wünschst. Hoffentlich werden dir deine Arglosigkeit und deine Offenheit nicht zum Verhängnis in dieser Zeit", muss ich da denken. Meine Erfahrungen haben mich gelehrt, die Dinge um mich herum kritisch zu hinterfragen. Ich habe kein Urvertrauen mehr. Vielleicht hat das mit den Umständen dieser Zeit zu tun. Doch dann kommt mir ins Bewusstsein, dass das Leben während meiner Jugend damals in der DDR auch nicht ohne Gefahren und Unwägbarkeiten war.

Seit diesem ersten Gespräch mit Josephine sind inzwischen vier Jahre vergangen. Waren meine Befürchtungen von damals unbegründet? Ich werde erfahren, dass es nicht an dem war. Es hätte sogar Schlimmes eintreten können. Doch davon später. Immer wieder haben Josephine und ich seit damals ein paar Sätze miteinander gewechselt. Diese kleinen Mosaiksteinchen will ich nun zu einem Bild ergänzen, über dieses Mädchen schreiben.

Wir sitzen in Josephines Zimmer. Hier hatte schon ihre Mutter zusammen mit meiner Tochter Hausaufgaben gemacht. Die Wände sind wie damals voller Poster und Fotos. Die Abbildungen von Pferden nehmen, wie wohl bei vielen Mädchen dieses Alters damals und heute, einen wichtigen Platz ein. Aber auch ein großes Familienfoto mit Josephine, ihrer kleinen Schwester, der Mutter und dem Stiefvater hat einen zentralen Platz. Andere Abbildungen zeigen Szenen von der Jugendweihe sowie einer Klassenfahrt … Auch die Katze und Freunde dürfen in dieser Galerie nicht fehlen. Und natürlich auch nicht Bilder, auf denen Josephines Freund Niclas zu sehen ist.

Ein ganz normales Mädchen, das sich nicht von anderen unterscheidet? Was ich in diesem Zimmer nicht erwartet habe: eine auf die weiße Tapete gemalte Feuerwehr. Und über dem Schreibtisch entdecke ich hinter Glas in einem Bilderrahmen einen Pressebeitrag. „Jugendfeuerwehr Muldestausee" erfasse ich mit einem flüchtigen Blick etwas zum Inhalt.

Kleine Dinge, große (Spät)wirkung? Wie wird man Feuerwehrfrau? Geboren wurde Josephine im

November 2003 in Rüdersdorf bei Berlin. Zwei Jahre später gab es einen Neubeginn für Mutter und Tochter in Friedersdorf. „Ab meinem dritten Geburtstag bin ich dort in den Kindergarten gegangen." Josephine erinnert sich noch heute an das Spielboot auf dem Hof. „Da drauf haben wir getobt. Die Erzieherinnen mussten ständig auf uns aufpassen." Und noch ein Detail von damals, das für später eine Bedeutung haben könnte, kommt der heute 16-jährigen in den Sinn: Es faszinierte sie, die nebenan auf einer Mauer krabbelnden Feuerkäfer zu beobachten.

Josephines Mutter lernte einen neuen Partner kennen und die junge Familie zog 2008 nach Radis. Weil die Wohnverhältnisse in dem Neubaublock dort von Anfang an nicht optimal waren, kauften sie in einem nahegelegenen Waldgebiet einen Bungalow, verleben dort bis heute die Wochenenden.

Der Kindergarten in Radis trug den Namen „Radischen". Das an den Wortklang angelehnte Symbol neben dem Eingang war rot wie die Feuerkäfer in Friedersdorf. Anstatt des Spielbootes gab es jetzt auf dem Freigelände ein Mini-Haus. Dessen Fenster ließen einen Blick zur benachbarten Schule zu. Josephine erinnert sich: „Mein sehnlichster Wunsch damals war es, endlich ein Schulkind zu sein!" Als der Tag der Einschulung endlich heran war, erschien die Feuerwehr für die ABC-Schützen mit „tatü-tata" und es gab eine kleine Feier für alle auf der Wiese neben dem Dorfteich.

Werden frühzeitig die Weichen dafür gestellt, ob man im Leben weiß, was man will, souverän Entscheidungen trifft? Ob Josephine zu jener Zeit schon mit dem Feuerwehr-Virus infiziert war, kann sie im Nachhinein nicht sagen. Zunächst nahm Handball einen wichtigen Platz in ihrem Leben ein. Sie erinnert sich: „Aber der Trainer war oft krank und sagte uns nicht Bescheid. Wir haben immer wieder umsonst gewartet."

Ihre damalige Freundin Vanessa wohnte direkt neben der Feuerwehr. Deren Eltern waren dort Mitglied und Vanessa erzählte oft von Erlebnissen, die zu Hause ausgewertet wurden. Da musste zum Beispiel ein Mann gerettet werden, der bei der Reparatur seines Hausdaches abgerutscht war und in einen Spalt zwischen Haus und Schuppen eingeklemmt wurde. Und natürlich gab es auch Alarm, wenn jemand den Braten auf dem Küchenherd vergessen hatte. Ach, wie beneidete Josephine manchmal ihre Freundin, wie gern wäre sie sogar selbst bei dem dabei gewesen, wovon Vanessa so lebendig erzählen konnte!

Hinterlassen Spiele Spuren? Auch sonst war diese Zeit damals eine prägende: „'Verstecken' hieß eines unserer Lieblingsspiele. Und es gab ein verlassenes Haus neben den Bahngleisen. Dort haben wir uns heimlich herumgetrieben. Das war gruselig! Meine andere Freundin, Nadine, hatte zu Hause ein Minischwein, das haben wir gefüttert und mit ihm gespielt."

Doch die Kindheitsidylle nahm ein Ende. „Die Mitbewohner in unserem Neubaublock mochten uns nicht." Auch war Schwester Johanna inzwischen geboren worden und die Wohnung zu klein. Die Familie zog wieder nach Friedersdorf. Bei den Eltern der Mutter war genug Platz. Josephine erinnert sich: „In Friedersdorf gab es Schule im Grünen, in den Freistunden einen Spielplatz gleich nebenan – und natürlich von dort den Blick auf das Gerätehaus der Freiwilligen Feuerwehr." Was mochte sich wohl hinter den Wänden dort abspielen? An Fantasie fehlte es der damals Zehnjährigen nicht. Wenn die Sirene ertönte und die Feuerwehrleute mit ihrem Einsatzfahrzeug ausrückten, dann wäre sie wohl am liebsten mit ihnen gefahren. Wer in einem verlassenen Haus neben dem Bahndamm gespielt hat, dem flößt so schnell nichts mehr Furcht ein.

Im Haus neben den Großeltern wohnte Michelle. In Michelles Garten gab es eine Schaukel, einen Pool und einen kleinen Stall mit Hasen. „Wir haben oft mit den Hasen gespielt", erinnert sich Josephine. Und manchmal taten wir so, als ob wir die Eltern und die Hasen unsere Kinder wären. Da haben wir aus Unkraut Mittagessen gemacht und die Kleinen gefüttert. Heidi und Ulli, Michelles Großeltern, die waren eng mit meinen Eltern befreundet. Und weil Michelle etwas größer war als ich, haben sie oft Sachen für mich ausgesucht, aus denen sie rausgewachsen war."

Wäre etwas anders geworden, wenn nicht ...? Dann kam jener Tag, der ein Einschnitt in Josephines Leben werden sollte. Sie erinnert sich: „Die Feuerwehr hatte die Schüler unserer Schule zu einem Schnuppernachmittag eingeladen. Wir haben die Umkleideräume gesehen, durften eine Spritze in der Hand halten und sogar in ein richtiges Feuerwehrauto klettern. Das war etwas und nicht nur für mich! Viele haben sich angemeldet, aber nur wenige sind geblieben."

Einer von denen, die sich damals kurzzeitig für die Feuerwehr begeisterten, ist Niclas. Mit Niclas ist Josephine inzwischen zusammen und sie haben gemeinsame Pläne. Doch davon später.

„Wir hatten von Anfang an eine richtige Ausbildung bei der Jugendfeuerwehr: Wie verhält man sich in Gefahrensituationen? Wie leistet man Erste Hilfe? Wie rollt man einen Schlauch nach einem Einsatz zusammen? Es gab Wettbewerbe mit anderen Jugendfeuerwehren. Ich habe neue Freunde kennengelernt."

Und sonst? Natürlich existierten für Josephine neben der Feuerwehr noch andere wichtige Dinge: „Bei Klassenfahrten zum Beispiel haben wir nachts Spuk veranstaltet und der Höhepunkt in jedem Jahr war natürlich Halloween in Friedersdorf. Ich habe meine kleine Schwester geschminkt. Wir sind dann mit Freunden durch die Straßen gezogen. Die Leute waren alle nett zu uns. Und eine Familie, die hat extra für uns ihr Haus als Gruselhaus geschmückt. Es gab dort Spinnweben im Vorgarten, ein Skelett und die Haustür stand halb offen. Von drinnen kamen gruselige Geräusche. Ob ich so etwas auch in Radis erlebt hätte?"

An dieser Stelle kommt mir wieder meine Überzeugung in den Sinn, dass die Menschen heute nicht mehr so viel wie früher miteinander zu tun haben wollen, jeder seine Tür verschließt. Warum muss ich durch dieses Mädchen erfahren, dass das nur ein Teil der Wahrheit ist?

Als Zwölfjährige legte Josephine die erste Prüfung bei der Feuerwehr ab. Sie erhielt dafür das Abzeichen „Jugendflamme 1". Die zweite Prüfung konnte sie auf Grund ihrer Leistungen überspringen. Und die dritte liegt noch nicht allzu lange zurück: Im September 2019 erkämpfte sie sich die Leistungsspange, die höchste Auszeichnung der Deutschen Jugendfeuerwehr. Josephine erinnert sich: „Dafür habe ich ein Dreivierteljahr trainiert, jedes Wochenende. Kugelstoßen, Staffellauf, Schläuche verlegen, Löschangriff. Und Feuerwehrtechnische Dinge mussten gepaukt werden."

Was bringt eine Heranwachsende dazu, sich mit derartiger Energie in eine Sache einzubringen? Ich frage direkt: „Gab es ein besonderes Erlebnis, von dem dein Drang zu helfen geprägt wurde? Der bloße Anblick von Feuerwehrautos und Freiwilligen in Uniform kann es ja wohl kaum gewesen sein."

Josephine muss da nicht lange überlegen: „Ich war damals acht Jahre alt. Mutti und ich haben Ferientage in unserem Bungalow verbracht. Nebenan hat ein Nachbar das Dach von seinem Ferienhaus gereinigt. Er rutschte aus, fiel herunter und schlug mit dem Kopf auf den Türstopper. Mutti und ich sind sofort rübergerannt und haben Erste Hilfe geleistet. Wir mussten lange auf den Krankenwagen warten. Ich hatte schon daran gedacht, zusätzlich die Feuerwehr zu rufen."

Während Josephine erzählt, mag ich mir nicht vorstellen, was sie da als Achtjährige sehen und auch fühlen musste. Mir fällt eine Gedichtzeile ein, die ich las, als ich etwa in dem Alter war, in dem meine Gesprächspartnerin heute ist: „Unsichtbar sind die Spuren, die wir ein Leben tragen."

„Hast du Angst bei deinen Feuerwehreinsätzen?", will ich jetzt wissen. Die Antwort: „Angst ist normal. Die Decke könnte zum Beispiel über einem zusammenbrechen. Aber sowas kann ich ausblenden. Richtig Angst hätte ich z.B. bei einem Autounfall, wenn man die Ursache nicht beeinflussen kann."

„Wovon träumst du?", will ich jetzt wissen

„Dass ich den erweiterten Realschulabschluss gut schaffe und eine Ausbildungsstelle bei der Berufsfeuerwehr in Berlin bekomme. Und dass man mich dort in den Angriffstrupp nimmt. Ich will ins Feuer rennen, Leute aus Häusern holen."

„Aber hat ein Mädchen in deinem Alter nicht auch andere Träume. z.B. von der Liebe?"

„Ich liebe meinen Freund Niclas. Mit Niclas will ich später in Muldestausee ein Haus bauen. Kinder sind nicht geplant. Aber ein Haustier möchten wir. Zum Beispiel eine Echse. Meine Eltern finden das mit Niclas o.k. Aber er bekommt von seinen Eltern oft Aufgaben, sodass wir nicht so viel Zeit füreinander haben."

„Das ärgert dich sicher. Worüber kannst du dich noch ärgern?"

„Dass manche Lehrer denken, dass wir Schüler in unserer Freizeit nur gammeln. Manchmal sind es einfach zu viele Klassenarbeiten und Präsentationen. Und Niclas braucht da auch noch meine Hilfe. Die Leute im Schulministerium haben keine Ahnung, was wir machen und brauchen. Und wenn ich an die schweren Schultaschen denke: Drei Schüler aus meiner Klasse tragen ein Korsett!"

„Könnte man da nichts machen?", will ich wissen.

„Ich war zwei Jahre im Kreisschülerrat, dann im Landesschülerrat. Einmal im Monat haben wir uns da in Magdeburg getroffen. Es gab Arbeitsgruppen und viel Kleinarbeit. Und wir haben über Änderungen im Bildungssystem geredet. Zum Beispiel: Sollte es weniger Kunst und dafür mehr Englisch geben? Politiker sind gekommen und haben uns Zusammenhänge erklärt. Und Wochenendseminare gab es in Magdeburg, Dessau, Halle und Wolmirstedt zum Beispiel. Das war alles interessant. Aber die Zeit dort hat mir bei der Feuerwehr gefehlt."

Was liegt aktuell an? Momentan befindet sich Josephine in der Truppmann-Ausbildung. Schließt sie die ab, darf sie ab September 2020 mit zu den Einsätzen. Aber die sind vorerst noch auf weniger gefährliche Aufgaben wie Weihnachtsbaumverbrennen und das Ausschenken von Neujahrsglühwein beschränkt. Die Alarmschutzprüfung und der volle Einsatz als Feuerwehrfrau sind erst nach dem 18. Geburtstag möglich. Bis dahin heißt es bei den Übungen immer wieder: „Schlauchverbindungen legen, Druck aufbauen, Wasser marsch!" Irgendwann geht das in Fleisch und Blut über.

Josephine sagt, dass die Jugendfeuerwehr für sie wie eine Familie ist. „Die Leute sind mir ans Herz gewachsen."

Damals, bei jenem ersten Gespräch am Gartenzaun, hatte ich mich für Augenblicke um dieses Mädchen gesorgt. Heute gehört sie zu denen, die Gewichte stemmen, Eisenkugeln stoßen, mit Atemschutz Leitern erklimmen.

Hat diese Heranwachsende auch eine zarte oder gar verletzliche Seite? Ich will nicht zu persönlich werden, Grenzen nicht überschreiten. Ich frage vorsichtig.

Der leibliche Vater, der in der Nähe von Potsdam wohnt, holt Josephine alle drei Wochen für ein Wochenende zu sich. Sie sagt: „Er interessiert sich für mich, hat mich lieb, möchte Teil meines Lebens sein. Und seine Freundin, die er schon zehn Jahre hat, ist auch o.k."

Dann verrät Josephine, dass sie auch richtig ausflippen kann. Zum Beispiel, wenn sie die Musikbox in ihrem Zimmer richtig wummern lässt: Hip-Hop, Rap und Techno sind derzeit ihre Lieblingsmusikrichtungen. Und einmal hat ihr eine Freundin die Haare gefärbt. Pinkfarbene Spitzen über den gesamten Kopf. Die Sechzehnjährige erinnert sich: „Als ich anschließend nach Hause kam, waren meine Eltern wenig begeistert."

„Eben eine ganz normale Heranwachsende", denke ich ein wenig ernüchtert und beruhigt zugleich.

Was wurde aus meiner Sorge von damals, als Josefines Urvertrauen Fragen in mir aufkommen ließ? Und dann muss ich doch noch erfahren, dass meine Befürchtungen von einst nicht aus der Luft gegriffen waren. Da gab es ein Ereignis, das ebenso die Weichen in Josephines Leben hätte stellen können wie damals die Entscheidung für die Feuerwehr.

„Meine Freundin Sara und ich, wir hatten übers Internet zwei richtig coole Jungs kennengelernt. Mit denen konnten wir über alles reden. Richtig sympathische Typen, ein bisschen älter als wir. Und gut ausgesehen haben die. Nach acht Wochen haben wir uns das erste Mal verabredet, am Pegelturm. Wir waren aufgeregt. Am Anfang lief es auch prima. Die waren höflich. Am Eiscafé haben sie uns sogar die Tür aufgehalten. Eben schon richtige Männer mit Manieren. Man hätte sich verlieben können.

Dann sind wir ein Stück am Stausee gewandert. Wir haben uns beschützt und sicher gefühlt. Plötzlich ist Sara ausgerutscht. Da haben sie auf einmal gespottet und der eine hat gesagt: „Das sieht dumm aus!"
Dann lief es erstmal wieder für eine Weile. Sara hat sogar auf dem Handy ein paar von ihren selbstgemalten Bildern gezeigt. Es war so, als ob alles in Ordnung ist. Aber da ging es wieder los: „Du kannst nicht zeichnen. Das sieht aus, als ob ein Kleinkind gezeichnet hat!" Und zu mir haben sie gesagt: „Feuerwehr, das ist doch nur was für Kinder. Ihr spielt doch da eh nur." Die wollten uns richtig klein machen.

Ich ahne, während Josephine erzählt, worauf das wahrscheinlich hinauslaufen sollte. Ich weiß: Mit solchen Methoden werden Menschen zuerst erniedrigt und dann, möglicherweise…. Bestimmt war diese Situation angsteinflößend oder zumindest unheimlich für beide Mädchen gewesen.

Ich erinnere mich in diesem Moment daran, was ich von Josephine über das Spielen in dem leeren Haus am Bahndamm gehört und was sie über Furcht bei Feuerwehreinsätzen erzählt hatte. Und auch daran, dass Angst für sie nur schlimm ist, wenn sie die Ursachen nicht beeinflussen kann.

„Und …?", frage ich deshalb ungeduldig und will wissen, wie es weiterlief.

Doch schon einen Moment später kann ich beruhigt sein. Josephine stellt klar: „Wir haben denen gesagt, dass sie aufhören sollen, solch einen Müll von sich zu geben. Wir machen schließlich auch niemanden dumm. Dann sind wir gegangen."

Ausgesöhnt mit der Welt? Das ist ein gutes Ende, auch für unser Treffen. Meine Gesprächspartnerin begleitet mich zum Hoftor. Schräg gegenüber, auf der anderen Straßenseite, parkt der Verkaufswagen des Bäckers. Brigitte Richter und zwei weitere Anwohnerinnen stehen auf Rollatoren gestützt und plaudern noch, nachdem sie eingekauft haben. Grüße gehen über die Straße zwischen uns hin und her. Dann nehme ich ein bekanntes Geräusch wahr. Genau so hörten sich damals die Mopeds an, als ich in Josephines Alter war und die alten Leute auf mitgebrachten Küchenstühlen abends vor ihren Häusern saßen, während wir auf unseren „Feuerstühlen" vorbeiknatterten. Und dann kommt da wirklich jemand auf einer „Schwalbe", wie wir sie damals fuhren und die inzwischen unter jungen Leuten „Kult" ist, herangedüst.

„Das ist Niclas", klärt Josephine mich auf. „Der fährt mich gleich zum Feuerwehrtraining."

Elke Bannach

Janas Tagebuch

22. Juni 2019

Dieser Tag heute war einfach wundervoll. Ich bin
so glücklich, weil ich mich verliebt habe. Basti heißt
mein Auserwählter. Ich kann Justin gar nicht genug
danken, dass er seinen Cousin mit zu unserer Schul-
Abschluss-Party gebracht hat. Als er mir Basti, – richtig heißt er ja Sebastian – vorgestellt hat, war es schon
um mich geschehen. Die ganze Party war ein voller
Erfolg und alles hat genauso funktioniert, wie es geplant war. Jedenfalls haben das alle gesagt, bevor sie
in den frühen Morgenstunden nach Hause gegangen
sind. Basti und ich hatten uns noch ganz viel zu erzählen und plötzlich waren wir die Letzten. Die Zeit ist
aber auch wie im Flug vergangen. Und wir werden
uns wiedersehen. Mein Herzallerliebster hat mir nämlich gestanden, dass er sich auch sofort in mich verliebt hat. Juhu und Hurra! Wir sehen uns wieder. Die
Welt ist schön!!

14. Juli 2019

Heute Abend habe ich mich tatsächlich mit Mutti und Vati gestritten. Ich bin noch ganz aufgewühlt. Auf einmal sind sie dagegen, dass ich in Bernburg studieren will und dort auch wohnen möchte. Plötzlich kommen sie mit solchen Argumenten wie: Bist du dir sicher, dass du studieren willst? Mach doch lieber eine Ausbildung wie Maren und Lucy. Bei der Stadtverwaltung oder bei der Sparkasse hast du doch auch gute Möglichkeiten.

Ich fasse es nicht. Seit mindestens einem Jahr erzähle ich ihnen, dass ich Wirtschaftswissenschaften studieren möchte, und das in Bernburg an der Hochschule. Außerdem hat das überhaupt nichts damit zu tun, dass Basti auch dort studiert. Zum Schluss haben sie es anscheinend eingesehen. Oder haben sie nur meinem Dickkopf nachgegeben? Ich bin viel zu aufgewühlt, um jetzt zu schlafen. Ich werde zum x-ten mal Bastis Nachrichten auf WhatsApp lesen, das hilft bestimmt.

20. Juli 2019

Der heutige Tag war wieder toll. Basti und ich waren in Bernburg. Er hat mir den Campus gezeigt. Den Abend haben wir bei seinem Lieblingsitaliener verbracht. Das Essen war wirklich top. Ich glaube, dass könnte auch mein Favorit werden. Beim Essen habe ich Basti gesagt, dass ich mich dazu entschlossen habe, in eine WG zu ziehen. Der Gedanke, allein in einer Wohnung zu leben, macht mir doch ein wenig Angst. Er hat mir erzählt, dass er zu Beginn seines Studiums auch in einer WG gewohnt hat und gab mir den Tipp, mich über www.wg-gesucht.de um eine zu bemühen.

Ich wusste gar nicht, dass es im Internet eine Website www.wg-gesucht.de gibt. Als ich ihm sagte, dass ich am liebsten in einer Mädchen-WG wohnen würde, sah er richtig erleichtert aus. Ich musste ein Kichern unterdrücken. Er ist doch nicht etwa eifersüchtig? Auf jeden Fall ging der Tag wieder viel zu schnell zu Ende. Aber so empfinde ich jedes Treffen mit Basti. Ich bin so froh, dass wir uns gefunden haben.

01. August 2019

Heute haben Mutti und ich Pläne geschmiedet, was ich für das Leben in einer WG alles brauche. Ich war für die Liste der erforderlichen Möbel und notwendigen täglichen Dinge und die Kostenaufstellung zuständig. Natürlich wissen wir jetzt noch nicht, ob ich wirklich alles brauchen werde, was wir aufgeschrieben haben. Aber sicher ist sicher. Mutti war über die Endsumme ganz erschrocken. Doch ich versuchte sie zu beruhigen. Schließlich habe ich mir in etlichen Jahre durch Geschenke von Oma und Opa ganz schön was zusammengespart. Dieses Geld möchte ich dafür einsetzen.

10. August 2019

Ich habe mit der Suche nach einer WG begonnen und eine Anfrage auf der Internetseite „www.wg-ge-sucht.de" platziert. Man muss ganz schön viele Angaben zu seiner Person machen. Klar, Angaben zu Alter und Geschlecht verstehen sich von selbst. Aber auch nach dem Studienfach und der Anzahl der Semester wurde gefragt. Auch Angaben, ob man Studienanfänger ist und wenn nicht, in welchem Semester man derzeit studiert. Und dann wollten sie noch wissen, ob eine Mädchen-WG oder ob auch eine gemischte WG in Frage kommt. Zum Schluss musste ich auch die gewünschte Größe der WG angeben und die Frage beantworten, wie viel Geld ich jeden Monat für das Wohnen ausgeben kann. Ich hatte mich für eine WG mit maximal drei Bewohnern entschieden und bin schon ganz gespannt, wer sich melden wird.

Lukas hat gemeint, spätestens wenn der Vermieter mich sieht, ist die Wohnungssuche beendet. Ich liebe meinen kleinen Bruder. Aber manchmal ist er eine richtige Kröte und ich könnte ihm den Hals umdrehen.

13. August 2019

Hurra, die erste Rückmeldung auf meine Anfrage bei „www.wg-gesucht.de" ist eingegangen. Eine junge Frau, auch Studienanfängerin, aus Baden-Württemberg hat sich per E-Mail gemeldet. Sie heißt Kathrin und will auch Wirtschaftswissenschaften studieren. Das ist ein toller Zufall. Vielleicht können wir zusammen lernen. Aber ich presche mal wieder in Gedanken voraus. Weil Kathrin auf Wohnungssuche ist, wohnt sie derzeit in Bernburg in einer Pension. Ich habe ihr sofort zurückgeschrieben und ein Treffen vorgeschlagen. In der Nähe des Campus ist so ein süßes kleines Café. Basti hatte mich bei unserem ersten Ausflug nach Bernburg dorthin eingeladen. Das ist sicher der richtige Ort für ein persönliches Kennenlernen.

14. August 2019

Kathrin hat gleich heute Morgen geantwortet. Sie hat meinen Vorschlag angenommen und wir haben uns am Nachmittag in dem kleinen Café getroffen. Ich glaube, wir waren uns auf Anhieb sympathisch. Sie spricht mit einem kleinen schwäbischen Akzent. Das hört sich richtig süß an. Für sie ist der Aufenthalt in Bernburg der erste in einem der neuen Bundesländer. Für ein Studium in Bernburg hat sie sich entschieden, weil die Hochschule gerade im Bereich Wirtschaftswissenschaften einen sehr guten Ruf hat und sie ist neugierig auf die Menschen und das Leben in Sachsen-Anhalt.

Ich finde das ganz schön mutig von ihr. Sie hat bisher immer zu Hause mit ihrer Familie gelebt und nun zieht sie gleich so weit weg. Das habe ich ihr auch gesagt. Auf jeden Fall haben wir uns dazu entschlossen, gemeinsam eine WG zu gründen und uns eine Mitbewohnerin zu suchen. Dazu haben wir eine neue Anfrage bei „www.wg-gesucht.de" geschaltet. Mal schauen, wer sich so meldet.

20. August 2019

Was so an Wohnungen für WGs angeboten wird, spottet jeder Beschreibung. In den letzten Tagen haben wir wohl Bernburgs unsympathischste Vermieter kennengelernt. Wer da so alles Wohnungen vermietet: eklige Typen. Aber das waren in der Regel Männer, die nur an junge Frauen vermieten wollten. Wir wurden gleich mit entsprechenden Bemerkungen empfangen und haben dann auf die Wohnungsbesichtigung verzichtet.

Doch dann winkte uns das Glück. Heute konnten wir auf dem Campus eine schöne für eine WG taugliche Wohnung besichtigen. Wir haben uns gleich entschieden und den Mietvertrag unterschrieben. Am 15. September können wir einziehen. Die erste Hürde vor dem Studentenleben ist genommen.

22. August 2019

Auf unsere Anfrage bei „www.wg-gesucht.de" haben sich drei junge Männer gemeldet, aber keine einzige Frau. Heute Nachmittag haben wir mit allen in dem kleinen Café ein Gespräch geführt. Natürlich nacheinander.

Der erste Bewerber kam aus den alten Bundesländern und war wirklich krass. Als er hörte, dass ich aus einem der neuen Bundesländer komme, bezeichnete er mich als Eingeborene. Ich dachte zuerst, ich hätte mich verhört. Aber die Wortwahl war kein Scherz, es war ihm mit der Bezeichnung ernst. Kathrin und ich schauten uns nur an und sagten dann wie aus einem Mund: „Geh jetzt bitte und zwar ganz schnell." Er konnte unsere Reaktion wohl nicht verstehen, denn er schaute völlig irritiert als er ging.

Der zweite Bewerber war ein ganz taffer Junge. Er glaubte doch tatsächlich, dass wir beiden Mädchen dankbar sein müssten, wenn er mit uns zusammen wohnen würde. Schließlich wäre dann ein Mann im Haus. Kathrin und ich waren beide sprachlos. Dann forderten wir auch diesen jungen Mann auf, ganz schnell zu gehen.

Der dritte Bewerber stellte sich mit „Ich bin Clemens" vor. An erster Stelle interessierte er sich für die Größe der Räume und den Mietpreis. Übermorgen will er die WG besichtigen und sich dann schnell entscheiden. Er hat angeblich schon WG-Erfahrung, seine WG habe sich aber aufgelöst. Wir sind zuversichtlich, dass er sich positiv entscheiden wird. Obwohl uns eine Mitbewohnerin lieber gewesen wäre.

25. August 2019

Mutti und ich haben heute alle Möbel, Lampen und die Küchenutensilien eingekauft. Was nicht vorrätig war, wird am 15. September geliefert. Unsere Kostenübersicht war realistisch. Als Oma und Opa hörten, dass ich meine Ersparnisse einsetzen will, haben sie sich sofort bereit erklärt, mir die WG-Einrichtung zu schenken. Mutti und ich haben erfolglos protestiert. Meine Großeltern sind wirklich lieb.

Kathrin hat mir am Telefon erzählt, dass sie auch schon Möbel ausgesucht hat. Die werden ebenfalls Mitte September geliefert. Sie ist glücklich, dass alles so gut geklappt hat und ist wieder zu Ihren Eltern nach Hause gefahren.

Morgen treffe ich mich mit Basti. Dann kann ich ihm von meinen Errungenschaften berichten. Von den meisten Sachen habe ich mit dem Handy Fotos gemacht.

07. Oktober 2019

Das Wintersemester hat heute begonnen. Kathrin und ich waren gemeinsam ins Audimax gegangen, da fand die Begrüßung der Studienanfänger statt. Waren das viele! Es hat nur so von Männlein und Weiblein gewimmelt. Die Professoren und Dozenten haben sich vorgestellt und es wurden uns die Abläufe im Studienalltag erklärt. Dann gaben sie uns die Vorlesungstermine der einzelnen Fachrichtungen bekannt und auch schon die Termine für die Hausarbeiten in den nächsten zwei Monaten. Mein lieber Schwan! Die haben uns ganz schön mit Arbeit eingedeckt. Bummeln ist nicht.

31. Oktober 2019

Drei Wochen Studium habe ich schon geschafft. Ich hätte nie gedacht, dass mein neues Leben als Studentin eine so totale Veränderung bedeuten würde.

Aber zunächst muss ich mir meinen Frust von der Seele schreiben. Auf einige meiner Mitstudenten habe ich eine richtige Wut. Da kommen sie nach Sachsen-Anhalt, wollen hier studieren und sind uns Ossis gegenüber so voller Vorurteile. Das kann man kaum glauben. Manche meinen, sie müssten uns Kultur und Benehmen beibringen und stellen ganz erstaunt fest, dass wir schon den aufrechten Gang haben. Gott sei Dank sind nicht alle so – ich sage nur Kathi. Ja, Kathrin ist für mich zu Kathi geworden. Und die anderen Mitstudenten, die „Normalen" bemerkt man nicht, weil sie sich zurückhalten und nicht auffallen. Doch es gibt auch solche, die wirklich an unserem Leben in den neuen Bundesländern interessiert sind.

Clemens ist am 1. Oktober eingezogen und hat sein Angebot wahr gemacht, uns den Campus und die einschlägigen Kneipen zu zeigen. Durch ihn haben wir auch schon einige seiner Freunde kennengelernt. Die ersten Tage bin ich mit um die Häuser gezogen. Dann habe ich aber schnell gemerkt, dass sich das mit meinem Lernpensum nicht vereinbaren lässt und ging nicht mehr mit. Außerdem hatte ich jedesmal an Basti denken müssen und ein schlechtes Gewissen bekommen. Und dafür gab es wirklich keinen Grund

15. Novmber 2019

Wir saßen alle drei in der Küche beim Abendessen, als auch Kathi Clemens gesagt hat, dass sie sich mehr auf ihr Studium konzentrieren möchte und keine Zeit mehr hat, ständig mit ihm auszugehen. Seine Reaktion war bemerkenswert. Er schmiss sein Besteck auf den Tisch, schnappte sich seinen Teller und stürmte hinaus. Dabei rief er uns zu: „Ihr seid ein undankbares Pack. Ihr habt meine Unterstützung nicht verdient! Das nennt man „Ausnutzen"!

Mein liebes Tagebuch, so verdattert und sprachlos bin ich noch nie in meinem Leben gewesen. Kathi erging es genauso.

15. Dezember 2019

Heute hat es in unserer WG so richtig geknallt. Kathi und ich haben Clemens in seinem Zimmer aufgesucht und zu einer Aussprache gezwungen. Wir haben ihm gesagt, dass wir sein Verhalten nicht länger tolerieren können. Die ständigen Saufabende mit seinen Freunden, an denen sie laut lärmend bis zum frühen Morgen zechen und dabei hemmungslos unsere Vorräte im Kühlschrank plündern, wollen wir nicht länger hinnehmen. Unsere Bitten um Einhaltung der Nachtruhe und Änderung seines Verhaltens waren bei ihm auf taube Ohren gestoßen. Seine Reaktion auf unsere Vorwürfe hat uns dann schier umgehauen. Er grinste uns an und meinte, dass wir gesellschaftlich weit unter ihm stünden. Meine Eltern seien noch nicht einmal Akademiker und Kathi wäre die Undankbarkeit in Person. Er hätte sich aufopferungsvoll um sie gekümmert und dann distanziert sie sich einfach von ihm. Überhaupt lehne er es ab mit uns zu sprechen. Kathi war kreidebleich geworden. Sie hatte nach Luft geschnappt und ihn lautstark ein „Arschloch" genannt. Dann hat er uns aus seinem Zimmer rausgeschmissen.

10. Januar 2020

Kathi war am nachmittag von ihren Eltern aus Baden-Württemberg zurückgekommen. Heute Abend haben wir zusammen bei unserem Lieblingsitaliener gegessen. Beim Nachtisch rückte sie mit ihrer Hiobsbotschaft heraus. Sie hatte sich in Freiburg an der Hochschule beworben und war angenommen worden.

Nach dem Wintersemester würde sie Bernburg den Rücken kehren. Ihr WG-Zimmer will sie zum 30. April kündigen. Wir haben laut Mietvertrag eine dreimonatige Kündigungsfrist.

Schlagartig war mir der Appetit auf mein Tiramisu vergangen. Kathi hatte Tränen in den Augen als sie mir gestand, dass sie sehr unter Clemens Verhalten gelitten habe und dass sie ihr Heimweh kaum aushalten könne. Es gäbe aber auch eine sehr schöne Erfahrung, denn das Beste, was ihr in Bernburg passiert sei, wäre die Freundschaft mit mir. Jetzt war ich total gerührt und sagte erst mal nichts. Wenn ich die Situation genau betrachte, hat sie die einzige richtige Konsequenz gezogen. Ich werde auch aus der WG ausziehen und meinen Eltern bei meinem nächsten Besuch sagen, warum.

18. Januar 2020

Heute Abend war ich mit Basti bei meinen Eltern. Ich habe ihnen meinen Entschluss mitgeteilt, den WG-Mietvertrag zum 30. April zu kündigen und wieder nach Hause zu ziehen. Basti wusste bis heute auch nichts von meiner Entscheidung.

Mutti sagte nur: „Endlich!" Vati und Basti nickten zustimmend. Vati, der praktisch veranlagte in der Familie, fragte sofort, wann er meine Möbel und das Inventar der Küchenschränke abholen soll.

Basti sagte zunächst nichts und sah plötzlich etwas verlegen aus. Dann platzte er mit dem Vorschlag heraus, dass ich doch bei ihm in Halle wohnen könne. Sein Appartement sei auch für zwei groß genug. Ich war wie vom Donner gerührt und meine Eltern guckten etwas hilflos. Basti sprach hastig weiter. In den nächsten Wochen müsste ich aber allein in Halle wohnen. Ab dem 1. Februar wird er bis Mitte März in Frankreich zu einem Auslandspraktikum sein. Mir hatte er das schon früher gesagt, darum war es für mich keine Überraschung. Und ehrlich gesagt, freute ich mich schon wahnsinnig darauf, mit Basti zusammenzuziehen.

23. März 2020

Basti ist aus Frankreich zurück. Unser Zusammenleben ist einfach toll. Einen Wermutstropfen gibt es aber doch: Mutti und Vati wollen nicht, dass wir sie besuchen. Basti und auch ich haben uns in eine freiwillige Quarantäne begeben. Ich glaube zwar nicht, dass mein Freund sich mit diesem Corona Virus angesteckt hat, aber sicher ist sicher. Oma und Opa leben mit meinen Eltern in einem Haus und Opa ist krank. Beide Großeltern gehören zur Risikogruppe. Ich kann die Reaktion meiner Eltern verstehen, bin darüber aber auch traurig. Dann werde ich mich also in der nächsten Zeit auf mein Studium konzentrieren und natürlich auf Basti.

01. April 2020

Immer noch Ausgangssperre. Das gemeinsame Osterfest mit meinen Eltern können wir knicken. Ständig nur kuscheln und lernen geht auf Dauer auch nicht. Aber wir haben etwas tolles entdeckt. Um ehrlich zu sein, hat Basti es entdeckt. Nämlich eine Hilfsaktion der Malteser in Halle. Studenten engagieren sich, indem sie die bei einem Supermarkt bestellten Lebensmittel zu Menschen nach Hause zu bringen. Zu Menschen, die wegen ihres Alters oder einer Krankheit nicht selbst einkaufen gehen können. Das war es! Wir fanden diese Idee beide auf Anhieb klasse. Nicht nur zu Hause rumsitzen, Fernsehen schauen und sich langweilen. Nein, aktiv werden und sich einbringen. Wir freuen uns schon jeden Tag auf unsere Einsätze. Natürlich achten wir darauf, dass wir Mund- und Nasenschutz und Handschuhe tragen. Diese Pandemie ist absolut schrecklich, aber Basti und ich versuchen, das Beste für uns daraus zu machen.

09. April 2020

Heute am Gründonnerstag mussten wir besonders viele Bestellungen ausliefern. Kein Wunder, Karfreitag und Ostern stehen vor der Tür. Es ist immer wieder erstaunlich, wie unterschiedlich die Menschen reagieren, wenn wir ihnen die Lebensmittel bringen.

Zum Beispiel heute: Die erste Lieferung heute Vormittag brachten wir einem älteren Herrn. Bei diesem Mann sind wir bisher dreimal gewesen. Jedes mal, wenn er die Wohnungstür öffnete, empfing er uns mit einem mürrischen Gesichtsausdruck und den Worten: „Stellt das da ab." Dann legte er einen Umschlag mit dem Geld für die Ware auf die Matte vor die Tür, zerrte den Karton mit seinen Einkäufen in die Wohnung und schloss seine Tür mit einem Knall. Ich sagte zu Basti, dass ich mich über dieses Verhalten ärgere. Er meinte, dass dieser Mann sicher kein schönes Leben habe, sonst würde er nicht so grantig sein.

Die beiden anderen Kunden, die wir heute Vormittag besuchten, bedankten sich und winkten uns zu, als wir gingen.

Aber eine besonders nette Überraschung bescherte uns eine alte Dame. Sicher war diese Frau schon mehr als 80 Jahre alt und wirkte sehr zerbrechlich. Heute hatte sie nicht nur Lebensmittel, sondern auch einen Blumenstrauß bestellt. Die Rechnung für die Ware bezahlte sie immer per Überweisung. Wir klingelten und sie öffnete sofort ihre Wohnungstür. Ich vermute, dass sie schon auf uns gewartet hatte. Basti stellte ihr den Karton mit der Ware in den Wohnungseingang. Wir verabschiedeten uns und wünschten ihr ein schönes Osterfest. Als wir gingen, sagte sie: „Diese Blumen sind für euch. Ich wollte mich bedanken und euch schöne Feiertage wünschen." Die Überraschung ist der Frau gelungen. Wir waren total gerührt. Dieses Dankeschön wiegt doch so manchen alten Grantler auf.

Autorin und Autoren

Elke Bannach

Elke Bannach, geb.1949, war viele Jahre als Marketing- und Vertriebsleiterin für Fachverlage tätig. Von 2010 bis 2012 konnte sie an der Universität Dortmund ein Frauenstudium mit dem Schwerpunkt in Sozialpsychologie absolvieren und als Referentin für Frauenfragen in Kultur, Gesellschaft und Politik abschließen. Seit 2012 schreibt und veröffentlichte sie Kinder- und Jugendbücher, Satiren für Erwachsene und Haikus. Seit 2010 lebt sie in einem Dorf in Sachsen-Anhalt.

Peter Hoffmann

Geboren am 07.07.1956 in Friedersdorf, Eisenbah-
ner, Fernstudium am Literaturinstitut Leipzig, zeit-
weise freischaffend, danach Tätigkeiten im Zeitungs-
vertrieb, als Redakteur sowie als stellvertretender Ge-
schäftsführer eines Anzeigenblatts. Rentner. Engagiert
sich für Behinderte und Menschen in schwierigen Le-
benssituationen. Er veröffentlicht seit etlichen Jahren
zeitgeschichtliche Bücher aus der Region um Bitter-
feld-Wolfen.

Klaus W. Hoffmann

Klaus W. Hoffmann, Jahrgang 1947, war nach Schule, kaufmännischer Lehre und Studium sieben Jahre als EDV-Organisator und Programmierer tätig. Von 1974 bis 1981 arbeitete er nebenberuflich als Liedermacher und Autor – danach freiberuflich.

Klaus W. Hoffmann hat mehr als 40 Bücher (musikpädagogische Bücher und Prosa für Kinder und Erwachsene) veröffentlicht. Viele seiner Lieder wurden als Musik-Videos gestaltet und in der „Sendung mit der Maus" und auf Youtube-Kanälen gezeigt. Mehr als 400 seiner Lieder sind auf vielen Musikalben veröffentlicht worden, die fast zwei Millionen mal verkauft wurden.